追捕消失的白狐狸

人狐一家親 7

富安陽子 著

大庭賢哉 繪 王蘊潔 譯

晨星出版

目錄

人狐一家親 7
CONTENTS

登場人物介紹

●**信田結**（小結）……信田家的長女，小學五年級學生，具備了可以聽到風之語能力的「順風耳」。

●**信田匠**（小匠）……小結的弟弟，目前是小學三年級學生，具有可以看透過去和未來的「時光眼」。

●**信田萌**（小萌）……家中的小女兒，具有可以傳達人類以外動物語言的「寄魂口」。

●**信田幸**（媽媽・阿幸）……不顧狐狸家族的反對，堅持和人類爸爸結婚的可靠媽媽。

●**信田一**（爸爸・阿一）……大學的植物學教授，個性開朗溫柔，成為狐狸家族頭痛的原因。

●**祝**（祝姨婆）……媽媽的阿姨，興趣是把不吉利的預言告訴別人。

●**夜叉丸**（夜叉丸舅舅）……媽媽的哥哥，自尊心很強，卻又吊兒郎當。是狐狸家族內的麻煩人物。

家族關係圖

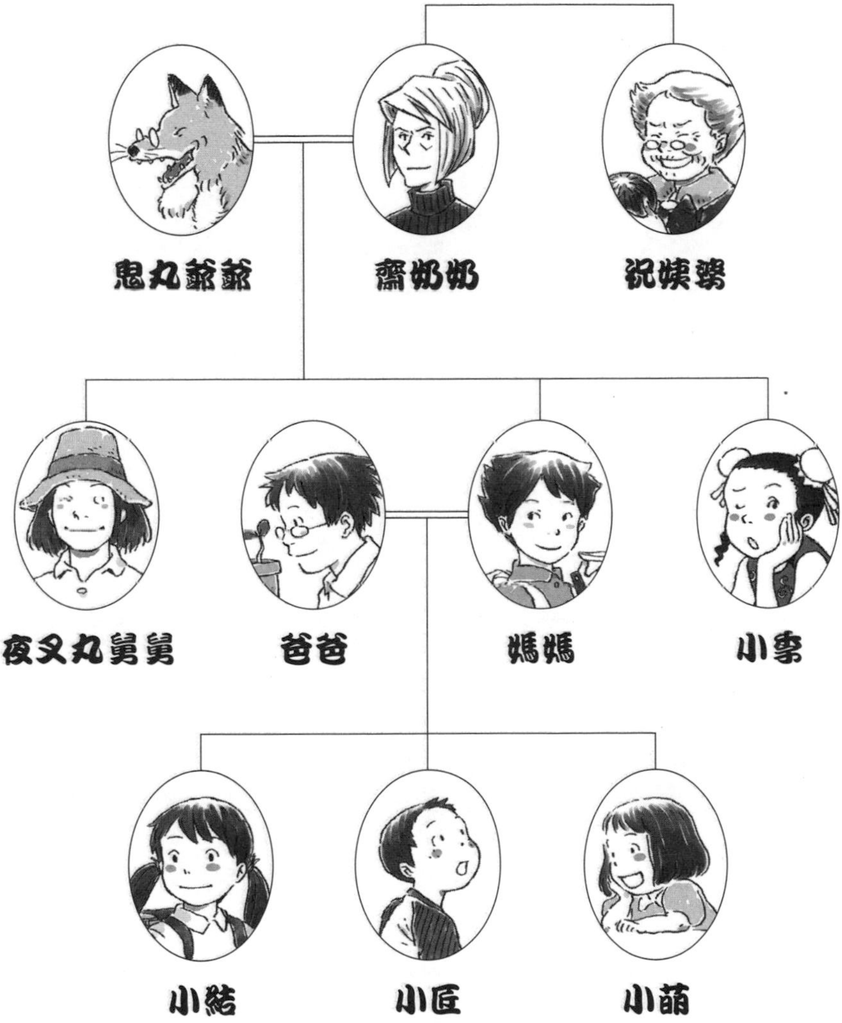
鬼丸爺爺
齋奶奶
祝姨婆
夜叉丸舅舅
爸爸
媽媽
小李
小結
小匠
小萌

1 憂鬱的星期四

十一月的某個溼冷的星期四早晨，窗外下著憂鬱的雨，原本已經染上秋天鮮豔色彩的法國梧桐行道樹，也披上了一層雨霧的面紗，變成了暗暗的棕色。

位在公寓五樓的信田家，迎接了忙碌的早晨。

小結站在洗手台的鏡子前，用心愛的髮夾夾好頭髮，對著正在廁所內的弟弟抱怨。

「小匠！你是不是又把漫畫帶進廁所了?!喂！你要在廁所裡蹲多

久？趕快出來啦！」

「再等一下……」廁所內傳來回答的聲音。

客廳內，媽媽正在數落爸爸穿錯了衣服。

「爸爸，你今天不能穿這件長褲，你不是說，今天要穿西裝上班嗎？我昨天晚上就告訴你，已經爲你準備了灰色西裝和領帶，掛在衣櫃裡。」

「啊，完蛋了，我想起來了，我要在今天下午的研討會上發言。」

爸爸慌忙準備脫下剛穿上的褲子。

全家人都手忙腳亂，只有家中的老么小萌離出門去幼稚園的時間還早，獨自坐在沙發上，正在看電視上的兒童節目。

「媽媽！妳聽我說！」

小結整理好頭髮，走進客廳，想要向媽媽告狀，說弟弟一直蹲在廁所不出來。就在這時。

在客廳中央……身穿黑色長袍的祝姨婆突然出現在小萌和電視中間的位置。

祝姨婆是媽媽的阿姨，是狐狸族的親戚，她的興趣是占卜……正確地說，是喜歡來向信田家預告不吉利消息的怪人。

大家早就已經習慣祝姨婆突然出現，也對她預告的「災難」見怪不怪了，所以都沒有驚慌。

爸爸把脫到一半的長褲重新穿好，很有禮貌地打招呼。

「喔喔，祝姨婆，早安。」

「祝姨婆，我看不到電視了啦。」

小萌抬頭看著擋在自己面前的祝姨婆，嘟著嘴抗議。

但是，祝姨婆這天說的話和平時不一樣。她平時總是甩著黑色長袍的袖子，高高舉起手說：「有災難！災難來了！」她今天沒有舉起

手，而是巡視客廳內的所有人，用比平時更加故弄玄虛的態度說：

「有客人！客人來了！」

爸爸、媽媽和小結對祝姨婆竟然說了和平時不同的話感到錯愕，露出驚訝的表情互看著彼此。

「客人是誰？」

小萌問。

「我的朋友。」

「啊？祝姨婆的朋友……」

小結感到很驚訝，沒想到個性古怪，而且很壞心眼的祝姨婆竟然會有朋友。她忍不住這麼說。

「沒錯，是我多年的老朋友。」

祝姨婆一臉得意地點了點頭。

「這位客人是名門之後，有高貴血統的狐狸，平時都在中國的某座仙人居住的山上生活，今天我接到她的聯絡，說相隔多年，回到了日本。」

媽媽露出狐疑的表情看著祝姨婆問：

「……在中國的某座仙人居住的山上生活……該不會、是九尾婦人？」

「沒錯！就是赫赫有名的九尾婦人！」

「酒味夫人？」

小結正歪著頭感到納悶，聽到小萌又接著發問：「客人要來哪裡？」

「這裡啊！」祝姨婆回答，「九尾婦人今天晚上會來你們家，會住兩、三天，你們千萬不要失禮了。」

「啊？……爲什麼？」

爸爸幾乎用尖叫的聲音問道。誰都會忍不住問這個問題，因爲信田一家人從來沒看過，從來沒聽說過，更從來沒有和祝姨婆的朋友見過面，但祝姨婆竟然單方面向他們宣布，她的這個狐狸朋友要住在他們家。

沒想到祝姨婆聽了爸爸的問題後，若無其事地回答：

「九尾婦人說，她回到久違的日本，想看看人類生活的地方。」

「但是……」小結代替爸爸反駁，「既然這樣，她可以去住飯店或是旅館啊，根本不需要住在我們家……」

「她已經厭倦了奢華的生活，我猜想她應該對貧窮小老百姓的生活產生了興趣。」

「……貧窮小老百姓、是說我們嗎？」

小結生氣地瞪著祝姨婆，但祝姨婆完全不在意。

「這件事就交給你們了。」

祝姨婆像往常一樣，甩著黑色長袍，高高舉起雙手，又重複了一遍剛才說的話。

「記住了！有客人！客人來了！」

然後，她就像剛才突然出現一樣，這一次也突然消失了。

通往走廊的門打開了，小匠腋下夾著漫畫，終於走進了客廳。

「姊姊，讓妳久等了……」小匠說到這裡，發現其他人不太對勁，忍不住在客廳內張望。

「咦？怎麼了？發生什麼事了嗎？有什麼狀況嗎？」

小結轉頭看向弟弟，幽幽地說：

「祝姨婆剛才現身了。」

小匠立刻露出了「原來是這種事」的表情。

「是喔？八成又是來通知有災難發生。」

小結搖了搖頭說：

「不是，這次並不是。她特地來通知我們，說今天晚上有客人會來我們家。不知道是叫酒味夫人，還是酒尾婦人之類的名字，反正就是祝姨婆的狐狸朋友從中國回來日本，今天晚上要來我們家住兩、三天。」

「爲什麼？爲什麼要住在我們家？」

小匠呆若木雞，問了和爸爸相同的問題。

「不知道啊，她說那個狐狸不想住飯店，對貧窮小老百姓的生活產生了興趣。」

小匠聽了小結的回答後歪著頭，似乎沒有馬上聽懂這句話的意思，但立刻理解了，露出生氣的表情說：

「什麼意思啊？因爲她想瞭解貧窮小老百姓的生活，所以決定住我們家？這會不會太沒禮貌了？我們爲什麼要讓這麼沒禮貌的人住在家裡？」

小結聽了小匠的話，也點了點頭，看著媽媽。

「媽媽，我也覺得小匠說的沒錯。妳應該不會同意這種狐狸住在我們家吧？妳會拒絕吧？因爲既然是祝姨婆的朋友，一定很壞心眼，很不上道……」

媽媽終於開了口。

「我認爲九尾婦人不可能是祝姨婆的朋友。祝姨婆也說了，九尾婦人都住在中國的山上，和住在日本山上的狐狸幾乎沒有往來……。我認爲九尾婦人不可能突然來到日本人類居住的地方。……不知道祝姨婆到底從哪裡聽說了這件事……，而且九尾婦人怎麼可能住來我們家……」

「九尾婦人到底是誰？」

爸爸誠惶誠恐地問。

「該不會和『九尾狐狸』有什麼關係？」

媽媽巡視了所有人的臉之後，對爸爸用力點了點頭。

「沒錯……。就是你想的那樣，是九尾狐狸的直系子孫。我也沒有親眼見過，只聽說過傳聞。因爲在狐狸的世界是赫赫有名的狐狸……。總之，聽說她具有強大的力量，具備了各種魔力，也會施展各種法術。」

小萌抬頭看著媽媽問：

「酒味狐狸是什麼？要喝酒嗎？」

媽媽向大家說明：

「不是酒味，是九尾，有九條尾巴的意思。九尾狐狸不僅在狐狸的世界，在人類的世界也是名揚天下的狐狸。

九尾狐狸最先出現在印度，之後去了中國，最後來到日本。每到一個地方，就會化身爲絕世美女，誘惑那個國家的國王，摧毀那個國家。

據說九尾狐狸在平安時代來到日本，當時化身爲名叫玉藻前的美女進入宮中，想要欺騙眾人，結果被識破，於是就從京都逃到了 木縣的那須高原，結果被追殺的武士消滅了。九尾狐狸死了之後，仍然陰魂不散，怨念變成了名叫『殺生石』的石頭。

九尾狐狸的靈魂變成石頭後，仍然持續散發毒氣，周圍的草木都枯死，任何人只要靠近，就會沒命。經過很多年，有一位名叫玄翁心昭的高僧擊碎了石頭，誦經讓九尾狐狸的靈魂升了天。但九尾狐狸在升天之前，都一直散發毒氣，不是很厲害嗎？

這就是名揚四海的九尾狐狸，聽說是有九條尾巴的金色狐狸。

……九尾婦人就是惡名昭彰的九尾狐狸的後代。」

「有九條尾巴？」

小匠興趣十足地問，媽媽搖了搖頭說：

「不，其實只有一條尾巴，但毛色是閃閃發亮的金色。」

爸爸大吃一驚，眨著眼睛小聲嘀咕說：

「……九尾狐狸的子孫……不會眞的要來住我們家吧？祝姨婆的預言不可能成眞吧……」

「我很期待成眞啊！不是很帥嗎！」

小匠興奮地大叫著，小萌也跟著露出興奮的表情問：

「酒味狐狸要來嗎？要來我們家住嗎?!」

「不會來。」

媽媽語氣堅定地說。

「怎麼可能有這種事？我會向狐狸山的爸爸他們確認一下，他們知不知道九尾婦人會來日本這件事，八成是祝姨婆在胡說八道。因爲九尾婦人已經好幾百年沒有回來日本了，怎麼可能突然來日本人類居住的地方，來我們家呢？……不可能有這種荒唐的事。

所以大家可以放心，各自準備出門。趕快趕快，你們差不多該出門了。小萌，媽媽也來幫妳換衣服。來！大家動作快！萬一遲到就慘了。」

小萌用力嘆了一口氣，小聲地說：

「小萌好想見到酒味狐狸。」

信田家再度忙碌起來，時間的流動把九尾婦人的事，和祝姨婆的預言從大家的腦海中帶走了。

信田家的人當時完全沒有想到，祝姨婆的預言竟然會成眞，也沒有人會想到小萌的願望竟然實現了。

2 三隻青蛙

雖然中午過後，令人憂鬱的雨終於停了，但灰色的雲仍然籠罩天空，明明才十一月初，卻已經感受到冬天的腳步。

這一天，小結在放學後直接回了家。因爲明天要交很多社會課的作業，所以她只能放棄繼續留在操場上玩，也打消了和同學一起去玩的念頭。

小結一走進公寓的大廳，剛好遇到正在等電梯的媽媽和小萌。

「啊喲，小結，今天這麼早就回家了。」

媽媽有點意外地看著小結。

「姊姊，妳回來了！」

小萌放開了媽媽的手，跑向小結。

「媽媽，妳們怎麼這麼晚才回家？」

小結看到小萌還穿著幼稚園的制服，忍不住問媽媽。

「我剛才去幼稚園接完小萌後，就順便去了超市。因爲今天上午沒時間出門買菜……」

媽媽肩上的大購物袋中塞滿了在超市買的東西。

「因爲社會課有很多作業要寫，所以我一放學就回來了。」

小結走進電梯時，一臉憂鬱地向媽媽說明。

「了不起，了不起。」

媽媽面帶笑容看著小結說。

「了不起，了不起。」

小萌覺得很好玩，也模仿媽媽說道。小結皺起眉頭嘆著氣。

「小匠在操場上玩足壘球，眞羨慕三年級的功課那麼少……。而且小匠的班導師原老師對學生超寬鬆。」

小結發著牢騷，電梯來到了五樓，她和媽媽、小萌三個人一起走出電梯，走向自己的家門。

「啊，對了，祝姨婆早上說的客人那件事怎麼樣了？媽媽，妳有問鬼丸爺爺嗎？」

「喔喔，妳是說那件事啊，果然是祝姨婆胡說八道。」

媽媽一派輕鬆地回答，似乎根本不把這件事放在心上。

「我問了鬼丸爺爺，他說『九尾婦人不可能回日本』。因爲九尾婦人當初會躲去中國，就是因爲日本的狐狸對九尾狐狸的評價非常差，九尾狐狸的子孫也因爲這個原因在大家面前抬不起頭，所以九尾婦人年輕時去中國之後，幾百年來，都從來沒有回過日本……，怎麼可能現在特地回到日本，瞭解人類居住的地方。」

「祝姨婆爲什麼要說這種馬上會被拆穿的謊言？」

媽媽用鑰匙打開門鎖後，小結歪著頭納悶，拉開了門。

「媽媽！趕快！吃點心！吃點心！」

小萌跳著衝進屋內。

「小萌，要記得洗手和漱口，洗完之後才可以吃點心。」

「好！」小萌說完，衝去了洗手台。

媽媽打開了客廳的毛玻璃門，準備把買回來的菜拿去廚房。

「咦？」

媽媽一打開門，就愣在那裡。

「怎麼了？」

小結原本也打算走去洗手台，不經意地看向媽媽的方向，然後在媽媽身後看到客廳的樣子，差一點無法呼吸。

「啊啊！怎麼？這是怎麼回事？」

小結完全無法相信自己看到的景象。

客廳門內，淡紅色的幃幔像幕簾般垂了下來，隔著薄薄的幃幔，可以隱約看到房間內的情況。媽媽輕輕掀開幃幔，小結發現裡面是從來沒看過的房間。

「這裡……是我們家吧？」

小結忍不住回頭看了一眼玄關，才緩緩走到媽媽身旁，在幃幔內東張西望起來。

熟悉的客廳不知去向，牆壁、天花板和地板，還有傢俱，所有的一切都和原來不一樣了。

原本有淡棕色污漬的乳白色地毯不見了，鋪在地上的是藍色波斯風地毯，上面還有圖案。原本的日光燈變成了紅色燈罩的電燈。桌子、沙發和電視都不見了，房間中央出現了一張很大的床，而且不是普通的床，而是公主睡的那種有床頂的特殊床。床的旁邊有一張椅背很高，藍色綢緞的扶手椅，那張椅子後方的小桌子下方，有一個鮮豔的藍色大旅行袋。

透明的淡紅色幃幔從天花板向整個房間的四個方向散開，客廳的牆壁、媽媽他們睡的和房紙拉門，以及開放式吧檯後方的廚房，都被擠到了幃幔後方。

「媽媽！我洗好手手了。」

小萌從洗手台跑了回來，來到小結和媽媽站著的客廳……不，是原本客廳的門口，倒吸了一口氣。小萌吐出吸入的氣，用陶醉的聲音小聲嘀咕說：

「好棒喔。好漂亮……。這是誰的房間？」

小結和媽媽在小萌的頭頂上方互看著。

「……這是怎麼回事？」

小結嘀咕著，有人在幃幔包圍的房間內回答：

「這都是九尾婦人張羅的。」

站在門口的母女三人大吃一驚，再次將視線移回房間內，發現祝姨婆出現在床前。

「祝姨婆？妳想幹嘛？爲什麼這樣擅作主張？」

「妳說我擅作主張？」

祝姨婆嘟著嘴瞪著媽媽。

「因爲要迎接高貴的客人，照理說，你們應該貼心地爲她準備好房間，沒想到你們這麼不懂事。這種程度的款待是最低標準。」

小結忍無可忍，在一旁插嘴問：

「到底是怎麼做到的？什麼時候把房間變成這樣的？」

祝姨婆眉開眼笑說：

「對九尾婦人來說，這根本是雕蟲小技，她無所不能，把狗屋變

成城堡也易如反掌。」

祝姨婆說完，用食指指向小結母女，又繼續說道：

「妳們聽好了，要好好感謝九尾婦人的親切，她說不能給你們添麻煩，所以親自張羅了自己睡覺的房間。她的心地太善良了。」

「她說不能給我們添麻煩，但明明已經給我們添了很大的麻煩……」

小結小聲嘀咕道，祝姨婆沒有理會她。

媽媽再次開口問祝姨婆：

「妳是從哪裡得知九尾婦人要回日本這件事？爸爸他們說，根本不知道這件事，還說九尾婦人已經幾百年沒有回日本了，現在根本不可能回來……」

祝姨婆露出了笑容，她的笑容中帶著一絲得意。

「其他人當然不知道，因爲她這次是微服私行。」

「微服私行？」

小結和媽媽異口同聲地問，然後互看了一眼。祝姨婆看到她們臉上驚訝的表情，更加心滿意足地笑了起來。

「妳們也不可以把這件事說出去，不可以隨便告訴狐狸山上的那些狐狸。如果不小心說漏了嘴，就會受到懲罰，妳們要自己想清楚。因為九尾婦人可以洞察一切。」

「但是……」

小結難以接受，忍不住繼續追問。

「既然這樣，妳怎麼知道九尾婦人要回日本？既然是祕密，為什麼只有妳知道這件事？」

祝姨婆的得意笑容達到了最高潮。

「當然是因為九尾婦人信任我啊。昨天晚上，她突然和我聯絡，她對我說：『我很賞識在狐狸山上消息最靈通的妳，所以想拜託妳一件事。』然後又問我：『明天我要回去久違的日本玩幾天，可以請妳幫忙嗎？』」

媽媽目不轉睛地注視著祝姨婆的臉，似乎很懷疑她說的話。

「九尾婦人嗎？眞的是九尾婦人說很賞識妳嗎？她怎麼在不被其他狐狸發現的情況下和妳聯絡？」

「水晶球啊。」

祝姨婆好像在說悄悄話般壓低了聲音。

「九尾婦人昨天晚上出現在我的水晶球，親自對我說話。她來日本期間，似乎不想去狐狸山。這也是理所當然的事。因爲狐狸山上的狐狸對她做了很多失禮的事，當年她根本就是被趕出了日本。所以她問我，她不想回山上，在人類生活的地方，有沒有可以讓她落腳的地方。而且她說不想去飯店或是旅館這種拘謹的地方，而是想感受家庭的氣氛。」

「……結果妳就介紹她來我們家？」

小結問，祝姨婆抬頭挺胸說：

「你們應該心存感謝，多虧我的介紹，赫赫有名的九尾狐的後裔才會來這個家。當我提議可以住來這裡時，九尾婦人很感興趣地說：

『我很想住那裡。』」

祝姨婆似乎對九尾婦人只找她商量這件事感到樂不可支。平時她整天都皺著眉頭，第一次看到她笑得這麼開心。

媽媽語氣嚴厲地對眉開眼笑的祝姨婆說：

「即使九尾婦人真的要來日本，也不能住在我們家。如果她想住有家庭氣氛的地方，妳可以介紹她去住民宿或是別墅，絕對不能住在我們家。」

「不行。」

祝姨婆收起笑容，冷冷地說：

「已經來不及了，這件事已經決定了，因爲九尾婦人想住這裡。」

「這……」媽媽正打算反駁，祝姨婆突然從幃幔的房間內消失了。

「媽媽，妳怎麼看？」

小結問媽媽：

「這是眞的嗎？妳覺得九尾婦人眞的會來我們家嗎？如果眞的來了，我們該怎麼辦？」

媽媽想了一下，然後用力深呼吸了一次。

「無論如何，我再和狐狸山的鬼丸爺爺和齋奶奶聯絡一下。如果祝姨婆說的話屬實，即使借助爺爺和奶奶的力量，也要堅決阻止九尾婦人來住我們家。

開什麼玩笑，這麼危險的人物……不，這麼危險的狐狸……」

「小萌覺得金色狐狸住在我們家也沒關係……」

沒有人徵求小萌的意見，但她自己表達了意見。

媽媽沒有理會小萌的意見，忘了放下裝了菜的皮包，用力閉上眼睛。媽媽在用意念和故鄉的狐狸山聯絡。沒想到——。

「啊！」小結尖叫起來。

不知道什麼軟趴趴的東西從天而降，噗通一聲掉在小結的腳下。小結看到掉落的東西，再次用力尖叫起來。

「啊！媽媽！青蛙！青蛙從天上掉下來了！」

噗通。又有一隻青蛙掉了下來。

噗通。又出現了一隻。

從天而降的三隻青蛙在小結、媽媽和小萌周圍跳了起來。

「青蛙！青蛙！青蛙！」

小萌緊緊抱著媽媽，瞪大眼睛看著蹦蹦亂跳的青蛙。

「怎麼會這樣？牠們是從哪裡掉下來的？」

小結看著青蛙問，媽媽一臉茫然地搖了搖頭。

「不知道……。雖然不知道，但也許這就是祝姨婆說的懲罰。我們被九尾婦人詛咒了。可能因爲我想把九尾婦人的事通知狐狸山，所以有東西從天而降……」

媽媽爲了證明自己的想法正確……也可能是爲了否定這種想法，不顧青蛙跳來跳去，再度集中意念，挑戰和狐狸山聯絡。

噗通！噗通！噗通！

原本三隻青蛙變成了六隻！

「現在該怎麼辦？」

小結問，媽媽一臉嚴肅的表情搖了搖頭。

「能怎麼辦？只能放棄向狐狸山求救了，否則會出現滿屋子的青蛙……」

「……要不要去外面試試？」

小結戰戰兢兢地提議，媽媽再次搖了搖頭。

「不行，如果被別人看到，真的會出大事。現在只能做一件事。」

小結充滿期待地注視著媽媽問：

「什麼事？」

媽媽的回答很簡單。

「把這六隻跳來跳去的青蛙抓起來，丟去後山。」

小結滿臉失望，媽媽露出嚴肅的眼神注視著她說：

「也許祝姨婆的預告並不是胡說八道，九尾婦人可能眞的會來我們家……」

3 金鶴

天黑了，爸爸還沒有回家。放學後很久才回到家的小匠看到完全變了樣的客廳太驚訝，太興奮了。

「太厲害了！眞是太厲害了！這個名叫九尾婦人的狐狸，竟然神不知，鬼不覺搞定了這一切！」

小匠很遺憾自己沒有看到因爲九尾婦人的詛咒，從天而降的青蛙。

「妳們爲什麼這麼快就放走？應該等我回來再去啊。唉！早知道家裡有這麼精彩的節目，我就不玩什麼足壘球，先回家了……」

小結狠狠瞪了獨自興奮不已的小匠一眼，提醒他說：

「你搞清楚，這可不是什麼精彩的節目，我們遭到了詛咒，被詛咒了！」

「小結、小匠，你們一起來幫我搬被子。」

媽媽在幃幔後方的房間更後面的和室叫他們。媽媽覺得無法在和九尾婦人的臥室只隔了一道紙拉門的和室安心睡覺，所以決定把他們三個人的被子搬去爸爸的書房。

這一天，他們只能去和平時不同的地方吃晚餐。因爲原本放在客廳的餐桌不見了，所以沒辦法在餐桌旁吃飯。媽媽拿了一張折疊桌子放在爸爸的書房，小結、小匠、小萌和媽媽只能分成兩批輪流吃飯。

「媽媽，既然有客人上門，蘿蔔鰤魚和菠菜味噌湯會不會太寒酸了？」

小匠挑剔著晚餐的菜餚，「既然是赫赫有名，超特別的客人，不是應該準備更像樣的菜餚嗎？」

媽媽不理會小匠的抗議。

「這不能怪我啊，因爲我根本沒想到眞的有客人上門，而且假設九尾婦人眞的來家裡也沒關係。因爲她說比起飯店或是旅館，她更喜歡有家庭味的地方。」

小結皺起眉頭，看向客廳的方向。

「但是，既然她想體會家庭味，爲什麼要準備這麼豪華的房間？」

「不知道，」媽媽聳了聳肩，「我怎麼可能知道九尾婦人的想法，根本搞不懂她爲什麼突然想來日本人類住的地方玩，也不知道她爲什麼偏偏找上了祝姨婆……」

「九尾婦人眞的會來我們家裡嗎？已經快九點了。」

小匠興奮地抬頭看著爸爸書房的時鐘。

「你們覺得她會怎麼出現？會從哪裡出現？」

就在這時。

叮咚。家裡響起了輕快的門鈴聲。

「來了！」小匠大叫起來。

「不會吧！」小結看向玄關。

「有客人！」小萌跳了起來。

「不要緊張，」媽媽對大家說：「可能是爸爸。」

媽媽要求小結他們留在書房，獨自走出玄關，從門上的貓眼向外張望。

「我就知道。」

媽媽說完打開了門。

「我回來了。」爸爸打著招呼，走了進來。

「唉……，竟然是爸爸啊。」

從書房探頭看向玄關的小匠失望地嘀咕。

「『竟然是爸爸』這句話是什麼意思？」

爸爸脫了鞋子，走進屋內，一臉納悶地看著聚集在書房門口的三個孩子。

「你們爲什麼都聚集在這裡？」

「爸爸！你回來了，我跟你說，有客人要來我們家！就是那個酒味狐狸！」

小萌精神抖擻地向爸爸報告。

「客人？酒味狐狸？」

爸爸也終於露出錯愕的表情，然後看向媽媽，希望她說明情況。

「呃……」

媽媽不敢正視爸爸的視線，看向客廳。

「……如果你不介意，可以自己去客應看一下嗎？……俗話不是說，『百聞不如一見』嗎？」

「客廳？百聞不如一見？」

爸爸歪著頭，走向客廳門口，手抓著門把。爸爸像往常一樣，隨手打開門，立刻倒吸了一口氣，然後「啊！」地大叫一聲。

一家人都不知不覺聚集在爸爸周圍，看著爸爸所看到的景象。

客廳果然沒有恢復原狀。淡紅色幃幔內的九尾婦人臥室，簡直就像是另一個世界。

爸爸終於開了口，自言自語般連續問了四個問題。

「到底是誰？什麼時候？爲什麼？又是怎麼做到的？」

爸爸的四個問題簡直就像是國語考試。

「我出門回來，就變成這樣了。今天我接完小萌後，又去超市買了菜回來，結果家裡就變成這樣了。」

媽媽難以啓齒地回答，小匠在一旁興奮地插嘴說：

「是九尾婦人的傑作！爸爸，是不是很厲害？九尾婦人用魔力讓我們家的客廳完全變了樣！」

小匠說完後，小結又補充說明：

「祝姨婆特地現身來向我們說明，說九尾婦人因爲要住在我們家，親自打造了自己要睡的豪華臥室，還說不能給我們添麻煩。祝姨婆還說要我們感謝九尾婦人。」

「因爲要住在我們家，所以親自打造了自己要睡的豪華臥室？」

爸爸目瞪口呆地反問，然後又看向媽媽。

「妳不是說，那是祝姨婆胡說八道嗎？九尾狐狸的子孫不會眞的要來住我們家吧？」

媽媽面對爸爸的質問，語無倫次地開始說明：

「……可能並不是祝姨婆胡說八道，雖然狐狸山上的爸爸他們說，不知道九尾婦人回日本這件事，但祝姨婆說，九尾婦人這次是微服私行來日本玩。

九尾婦人和狐狸山上的狐狸關係不佳，所以完全沒有通知山上的狐狸，只聯絡了祝姨婆，希望祝姨婆可以提供協助，爲她在人類生活的地方安排落腳的地方，還說不想住飯店或是旅館，而是想要住在有家庭氣氛的地方。

……所以祝姨婆就來勁了，因爲有這樣的大人物找她幫忙。……於是，她就介紹了我們家，不知道爲什麼，九尾婦人很滿意。……結果就變成眞的要住在我們家了……。

但是，現在還無法最後確定，因爲這些話都是祝姨婆說的，我並沒有接到九尾婦人的聯絡……」

「九尾婦人爲什麼會去找祝姨婆？」

爸爸有一半生氣，有一半納悶地歪著頭。就在這時——。

幃幔籠罩的房間內突然發出耀眼的光芒。所有人都驚訝地看向房間。光似乎來自陽台，幃幔後方的陽台一片明亮，簡直就像白晝。

「來了！終於來了！」

小匠輕聲歡呼起來。

爸爸用力吸了一口氣，走向陽台。

「你們都留在原地。」

爸爸說完這句話，走過有床頂的床，撥開了床後方的幃幔。

小結、小匠、小萌和媽媽都擠在一起，目不轉睛看著陽台。小結忍不住深呼吸了兩次，努力讓噗通噗通亂跳的心臟平靜下來。

爸爸終於打開了陽台的窗簾。

耀眼的光芒變得更加刺眼，照進了房間內。

「怎麼回事？那是什麼……？」

爸爸小聲嘀咕著。

「咦？」

小結也忍不住歪著頭，和媽媽互看著。

「是一隻鶴，是金鶴……」

小匠小聲嘀咕。

「好漂亮。」

小萌驚嘆不已。

一團金色的東西停在陽台的欄杆上，但是無論怎麼看，都不像是金狐狸，而是金色的鶴。

「是不是九尾婦人變成了那隻鶴？」

小結小聲問媽媽時，爸爸把臉

湊到陽台的窗戶前說：

「咦？這隻鶴嘴裡好像叼了一張紙，好像是卡片……。上面寫了字。嗯，我來看看寫了什麼……『熱烈歡迎!!』……？什麼意思？金鶴叼了一張寫了『熱烈歡迎!!』的卡片，停在我們家陽台上。到底要歡迎誰？」

小匠終於忍不住跑到陽台，在爸爸身旁看著窗戶外說：

「哇！眞的欸！鶴的嘴巴叼了一張卡片。」

媽媽在小結身旁嘆著氣，滿臉厭煩地說：

「一定是祝姨婆幹的好事，作爲九尾婦人的歡迎儀式。」

金鶴好像聽到了媽媽說的話，啼叫了一聲後，丟下那張卡片，從陽台的欄杆飛了起來。卡片掉在陽台地上……。

小匠仍然一動也不動地看著飛走的金鶴，爸爸離開了陽台的門前，嘆了一口氣。

「真是虛驚一場……。關鍵的九尾婦人還沒有來——」

「我已經來了。」

所有人都跳了起來。

「什麼？你們剛才有沒有聽到說話的聲音？」

小結警戒地打量著幃幔內房間的同時問其他人。

這時，又聽到了說話。

「我在哪裡呢？請你們找一找。」

「咦？咦？咦？」

小匠轉身面對房間，後背緊貼著陽台的玻璃門上，仔細打量房間內的每一個角落。

「在哪裡？酒味狐狸在哪裡？」

小萌也膽戰心驚地在媽媽身後向房間內張望，站在床邊的爸爸也左顧右盼，想要找出說話的主人。

「呵、呵、呵、呵、呵、呵……」

房間內響起了笑聲。小結豎起「順風耳」，想要確定聲音從哪一個方向傳來。小結從狐狸族繼承了順風耳這種特殊能力，可以捕捉到風帶來的輕微聲音、氣味和動靜，但是，小結很快就放棄了。因爲那個說話的聲音在房間內產生了回音，無法確定到底從哪個方向傳來。

「我就在你們眼前，趕快來找我啊。這裡，我就在這裡。」

房間內響起這個奇妙的聲音，既像是樂在其中，又好像在逗其他人玩，但是房間內除了小結他們一家人以外，完全看不到其他人的身影。

小匠掀起了有床頂的那張床上的羽絨床罩，爸爸探頭在床底下張望，小結掀起了房間和廚房之間的幃幔，媽媽也伸手在幃幔和牆壁之間摸索著，小萌在扶手椅後方找了起來。

「來啊，來啊，我就在這裡，你們仔細找啊。」

這時，小結發現房間內多了一件剛才沒有的物品。

那件物品就在扶手椅上。繡了很多彩珠的胭脂色天鵝絨抱枕放在扶手椅上，小結記得第一次看到這個房間時，並沒有這個抱枕。

抱枕上的彩珠在紅色燈罩的電燈燈光照射下，發出閃閃光芒。

小結打量著這個突然冒出來的抱枕，抱枕開了口。

「咦？好像有人發現了。」

那個聲音和剛才不同，沒有在房間內產生回音，而是直接傳入了所有人的耳朵，所有人都同時看向彩珠抱枕。

就在這時——。

抱枕突然開始變形。抱枕好像被一隻無形的手拉扯，被拉得又細又長，然後出現了兩條手臂，上方又冒出一個腦袋，腦袋上又出現了梳成丸子頭的白髮。細長的身體下方變成了裙子，裙襬下又長出了兩隻穿著尖頭鞋的腳。

胭脂色的天鵝絨抱枕在大家面前，變成了一個穿著胭脂色天鵝絨長袍，身材矮小的老婦人。

老婦人一頭雪白的頭髮梳成丸子頭，上面插了好幾支髮簪。長袍上用彩珠刺繡出來的玫瑰閃閃發亮，尖尖的鞋子上也鑲滿了光彩奪人的寶石。

「各位晚安。」

老婦人從容自在地坐在扶手椅上，巡視著所有人打了招呼。

「請問……是九尾婦人嗎？」

小匠看著抱枕變身出了神，誠惶誠恐地問出現在眼前的老婦人。

老婦人晃動著頭上的髮簪，聳了聳肩說：

「是啊，大家都這麼叫我。」

九尾婦人對滿臉茫然的所有人露出微笑說：

「各位晚安，謝謝你們歡迎我。」

「呃……不是……並不是這樣……」

媽媽代表全家開了口。

「雖然我們很想歡迎妳，但是我們家無法款待妳。……所以，我推薦妳去住民宿或是別墅。……我的意思是，這樣對大家都……」

九尾婦人不耐煩地舉起手，推翻了媽媽鼓起勇氣的抵抗。

「不，不必在意款待不款待這種事，我想住在這裡，我已經決定要住在這裡了，所以就這麼辦。」

「但是……」小結沒有輕言放棄，「我們家連吃飯的地方也沒有了，因爲原本放桌子的地方，現在被一張大床占領了……」

九尾婦人對小結的意見一笑置之。

「啊喲，這不是問題，不必擔心。我會想辦法張羅自己需要的東西。」

信田家的人都面面相覷。

想辦法……想什麼辦法？小結感到納悶，全家人都陷入了沉默。

只見九尾婦人從椅子上滑了下來，站在地上。矮小的老婦人晃著長袍的下襬，俐落地走向通往和室的紙拉門。和室的入口目前被淡紅色的幃幔擋住，完全看不到了。

「這樣如何呢？」

九尾婦人說完，掀起了透明的幃幔。

「啊!!」

小結和小匠同時驚叫起來。

「怎麼會……這樣……」爸爸小聲嘀咕著。

掀起幃幔後，看到的不是和室的紙拉門，而是出現了一個根本不可能存在的房間。

「哇噢！哇噢！哇噢！太厲害了！你們看！好大的桌子！」

小萌從大家後面探出身體，興奮地看著幃幔後方。

和室不見了，但出現了一個天花板很高的細長形房間。從房間的這一頭到那一頭，差不多有小學教室的兩倍大。拱形的天花板也很高，天花板上竟然掛著一盞豪華的水晶燈。鋪在地上的黑色和白色大理石就像是棋盤，擦得光可鑑人，有一張從房間內的這一頭到另一頭的超長桌子，上面鋪了白色桌布。

桌子兩側有兩排皮革靠背的椅子。

「這個房間不會擠去鄰居家嗎？從哪裡變出這麼大的房間？」小結問，但是沒有人回答。九尾婦人看著大吃一驚的所有人，笑了笑說：

「有了這個飯廳，不管有多少客人上門，都不愁沒地方吃飯吧？」

九尾婦人說的沒錯，即使有再多客人上門也不必擔心了。

爸爸無奈地重重嘆了一口氣，他似乎已經接受了難以置信的現

實，知道已經逃不了，躲不過了。

「是啊，這樣就可以安心吃飯了。媽媽，可以吃晚餐了嗎？幾個孩子都吃完了吧？今天晚餐吃什麼菜？」

媽媽聽了爸爸的問題，尷尬地小聲回答：

「呃……，今天吃蘿蔔鰤魚和菠菜味噌湯。」

「蘿蔔鰤魚！」

爸爸忘記了眼前的災難，發自內心感到幸福地點了點頭。

「一聽就知道很好吃。」

爸爸和九尾婦人一起，坐在豪華的餐桌旁，享受了樸實無華的晚餐。

4 不可思議的星期五

星期五早晨，信田家全家人醒來時，九尾婦人的臥室內已經不見人影。

「咦？她去了哪裡？該不會昨天發生的事全是一場夢？」

九尾婦人的床上空空的，小匠探頭在床底下張望，歪著頭納悶。

「如果是做夢，這張豪華的床，和大得驚人的扶手椅不是都會消失嗎？」

小結巡視著幃幔內的房間。

「九尾婦人會不會又化身成什麼東西……？」

爸爸露出懷疑的眼神看著床上的枕頭。小結注視枕頭片刻後搖了搖頭說：

「沒有，即使豎起耳朵，也完全聽不到任何動靜。」

媽媽從幃幔外的廚房探頭進來說：

「你們不要再找九尾婦人了，早餐做好了，你們來把餐具拿去飯廳。」

不知道該說是幸運還是不幸，幃幔後方的飯廳並沒有消失不見。全家人坐在舖了潔白桌布的超長餐桌角落，吃著土司和培根蛋的早餐。

「這麼大清早，她就悶不吭聲地去了哪裡？」

九尾婦人的臥室沒有半個人影，小結看向臥室，歪著頭問。

「是不是去哪裡觀光了？」爸爸說。「她不是說很多年沒回來日本，想多看看人類居住的地方嗎？她可能想去很多地方，所以才一大早就起床出門了，因爲老人家都很早就起床了。」

「媽媽，小萌的便當裡有章魚小香腸嗎？」

比起九尾婦人的事，小萌更關心今天便當的菜色，所以問媽媽。

「有啊，有章魚小香腸，還有甜甜的煎蛋，和蘋果小兔子。」

「哇啊！太棒了！」媽媽看著興奮的小萌，憂鬱地皺起眉頭說：

「眞傷腦筋……。九尾婦人到底幾點會回來？希望她不會在我出門接送小萌的時候回來……」

「沒事沒事，根本不用擔心，即使門鎖著，也難不倒九尾婦人。她一定可以用魔法，三兩下就把門打開自己進來。」

小匠輕鬆地說，小結狠狠瞪了他一眼。

「這不是很傷腦筋嗎？萬一她自己進來我們家，趁我們不在的時候，又改造我們的房間怎麼辦？」

「我們家越來越豪華，那不是很好嗎？乾脆請她幫我們把浴室也變大，變成那種獅子嘴巴會嘩嘩流出水的那種浴池。」

「獅子浴池？我們家的浴室會變成獅子浴池嗎？」

小萌聽了小匠的話，興奮地叫了起來。

「你們還眞天眞。」

小結很受不了地說道，一旁的媽媽插嘴說：

「聽說九尾婦人不僅精通日本狐狸界的咒術，還通曉中國仙人所使用的秘術、印度的魔術等各式各樣的法術。雖然她一下子就變出了這個飯廳，但其實是從其他世界剪下來，然後巧妙地搬到我們公寓，所以飯廳並沒有擠去鄰居家，也沒有伸出房子外。

她在轉眼之間就俐落地完成了這麼大的工程，而且天衣無縫，九尾婦人果然不是等閒之輩，所以你們都要小心點，她可能在打什麼鬼主意。」

「她看起來不像壞人……不，她不像是壞狐狸……。昨天晚上，我們一起吃晚餐時，她也和我分享了中國仙人居住的山上的珍奇樹木和藥草，而且在吃蘿蔔鰤魚時，也一直說『好吃、好吃』，吃得不亦樂乎。」

「你不覺得她從中國的山上特地來日本的故鄉觀光很奇怪嗎？而且她說是不通知任何人的微服私訪，卻找上祝姨婆，安排住在我們家，這不是太奇怪了嗎？如果眞的不想讓任何人知道，一個人悄悄住去飯店不是就好了嗎？可以去住觀光景點的飯店……。我們家附近既沒有名勝，也沒有古蹟，爲什麼要這麼大費周章地住來我們家？我相信其中一定有什麼原因。」

「祝姨婆知道這個眞正的原因嗎？」

小結問，媽媽搖了搖頭說：

「應該不知道，從昨晚金鶴的歡迎儀式來看，祝姨婆只是覺得自己特別得到了九尾婦人的信賴，所以感到很興奮。我不認爲九尾婦人眞的相信祝姨婆，然後把所有的事都告訴她。」

「……啊，對了……」

小匠咕嚕一聲把牛奶吞下去後抬起了頭。

「有一件事，我覺得有點奇怪……」

所有人都看著小匠。

「就是啊……」小匠開了口，「昨天那隻金鶴從陽台飛走時，對面公寓的屋頂好像有一個人。」

「什麼!!」所有人同時驚叫起來，只有小萌一臉納悶地看著大家的臉。

「你爲什麼不早說？如果眞的被人看到了，就大事不妙了！」

小結生氣地質問弟弟。

「因爲……，我正想說的時候，九尾婦人就出現了，而且我也沒有看得很清楚……」

「但是，你覺得看到有人，對嗎？」

媽媽問小匠。小匠想了一下後，用力點了點頭。

「是怎樣的人？你認識那個人嗎？」

小結急忙追問，小匠皺起了眉頭說：

「我不是說了嗎？我沒有看清楚，只覺得有人在屋頂上看過來。我看著金鶴飛走，發現對面屋頂上有動靜……。我感到奇怪，於是就看向那裡，隱約看到一個黑影把腦袋縮了回去，我想是這樣……」

小匠說的情況太出乎意料，其他人都陷入了沉默。九尾婦人的事已經夠傷腦筋了，如果社區內有人看到那隻金鶴，問題就更嚴重了。

爸爸打破沉默開了口。

「如果有人看到，就會來問我們，或是去通知社區管理員。無論是哪一種情況，我們都只能隨機應變，只不過誰會在晚上九點多時去屋頂呢？」

「反正要小心行事。」媽媽說，「大家都要小心提防九尾婦人和神秘的目擊者。出門的時間快到了，小萌，我們去換衣服。」

清晨似乎又下了雨，地上很溼，空氣很冷，灰藍色的烏雲籠罩了天空。

因爲再不出門就要遲到了，小結和小匠一路跑向公寓中庭的上學路隊集合地點。

「信田家姊弟！你們跑快一點！」

六年級的組長對著他們大叫。

「對不起！讓大家久等了！」

小結跑到鬆散的路隊最後方，爲低年級學生整隊。小結他們的路隊總共有十二個人，六年級的男生是組長，五年級的小結是副組長。社區內有三棟公寓的學生都參加這個路隊，在校區內算是大路隊。

「慶太、功平你們排好隊，鈴香，妳要牽小愛的手。」

小結向沒有排好隊的低年級學生發出指令時，突然察覺到有人在看自己。

「……？」

小結不經意地打量四周，發現一個二年級的男生看著自己。

「……？大輝，你在看什麼？趕快過來排隊。」

小結向獨自站在隊伍外的男生招手。大澤大輝是一個很文靜的二年級男生，他爲什麼目不轉睛地看

著自己？

「好，那我們就出發了！」

組長一聲令下，上學路隊緩緩出發了。大輝邁開步伐時，又回頭看了小結一眼。小結感覺不太對勁，內心深處湧起了莫名的不安。

怎麼回事？**大輝為什麼一直看我**？

「小結！」

小茜在馬路對面的上學路隊中叫著小結的名字。小結抬起頭，看到小茜正在向自己揮手，也向她揮手打招呼。

在等國道的紅綠燈時，兩個路隊排在一起。

「小結，今天的數學小考，妳複習好了嗎？」

「啊？」

小結聽到小茜的話，整個人都愣住了。她可以明確感受到內心深處湧現了更大的不安，新的不安吞噬了剛才的不安，很快就占據了她的心。

「哇，慘了，這下該怎麼辦？我昨天只想到社會課的作業，完全忘記今天要考數學……」

這一天眞的很慘。小結的數學考得超差，而且班導師柴田老師突然在小考前說：「這次低於七十分的同學要補考。」中午的營養午餐吃的是小結最討厭的「羊栖菜義大利麵」。而且放學後，小茜約她一起去玩，她也不得不婉拒。

「小結，今天約好要和紗也她們一起在圖書館討論小組發表的事，妳可以一起來嗎？」

「啊啊……，不好意思，對不起。今天九尾婦人住在我們家，所以我要趕快回家。」

「咦？九尾婦人？」阿茜納悶地歪著頭。

「啊……，不是，嗯，不是啦，久妹夫人是我家的親戚。久妹夫人是久妹叔叔的太太，所以大家都這麼叫她。哈哈……，是不是很奇怪的名字？」

小結也覺得自己的說明很奇怪，但個性單純的小茜似乎相信了小結的話。

「這樣啊，既然妳家有客人，那就不勉強妳了，那下次再約，我也會轉告紗也她們。」

小結在心裡爲自己說謊道歉，和小茜道別後，走出了校門。

不知道九尾婦人有沒有回家了？家裡會不會又發生什麼奇怪的事？這麼一想，就覺得坐立難安，於是快步走在回家的路上。

小結的班級今天在放學前的班會上，討論了音樂會要表演的曲目，耽誤了放學時間，大部分學生在第六節下課後就回家了。雖然有很多學生在吹著冷風的操場上玩，但因爲已經過了放學的尖峰時間，所以走出校門後，馬路上看不到其他小學生的身影。

「不知道小匠有沒有回家了……」

小結自言自語著，來到了車站前的商店街。雖說是商店街，但並不像大城市的車站前那麼熱鬧，馬路的這一側只有一家銀行的分行、手工麵包店和自行車店，馬路對面有文具店、蔬果店和熟食店，商店街上的人也稀稀落落。沿著這條路走向和車站相反的方向，經過商店街角落的平交道，再穿越國道，就是小結住的公寓所在的社區。

「咦？」小結快步經過銀行前時，忍不住驚訝地停下腳步。因爲她似乎看到一張熟面孔躲在在馬路對面的電線桿後方。就是文具店門口的電線桿。小結悄悄回頭確認，果然沒錯，小匠躲在電線桿後方。他躲在電線桿後面偷偷摸摸的想幹什麼？

小匠似乎並沒有發現小結。他躲在電線桿後方，目不轉睛地緊盯著什麼。小結順著他的視線看向前方，忍不住輕輕吸了一口氣。原來是穿著黑色大衣的九尾婦人。馬路對面的九尾婦人走向平交道的方向。小匠似乎躲在電線桿後方偷偷看著九尾婦人。

九尾婦人今天穿了一件寬鬆的黑色長大衣，不知道那是她出門的打扮，還是因爲覺得彩珠刺繡的長袍走出門會太引人注目，而且她的丸子頭上也沒有插髮簪，但是絕對沒有認錯人。當九尾婦人爲了讓擦身而過的腳踏車，走到路旁時，小結看到了她的臉。雖然她已經是老婦人，但她粉紅色的臉頰很光滑，一對杏眼上方畫了很深的藍色眼線。絕對錯不了！那就是九尾婦人。

九尾婦人經過麵包店，走向平交道的方向。

小結過了馬路後往回走了幾步，繞到電線桿後方，拍了拍正準備離開的弟弟後背。

小匠嚇了一大跳，轉頭看著小結。

「……!!搞什麼啊……原來是姊姊……」

小匠鬆了一口氣，生氣地看著小結。

4 不可思議的星期五

「你還問我『搞什麼』，你在幹什麼？」

「噓！」小匠要求小結不要大聲說話，悄悄看著漸漸走遠的九尾婦人的背影。

「妳自己看啊……，妳知道那是誰嗎？」

「知道啊，是九尾婦人。你爲什麼偷偷摸摸，躲起來看她？」

「我在跟蹤她。」

小匠好像在說什麼祕密般壓低了聲音說完，就邁開了步伐。小結看到弟弟一下子躲到店家的招牌後方，一下子又躲進店面和店面之間的牆邊往前走，也只好跟了上去。

「你爲什麼要跟蹤她？終點不就是我們家嗎？她走去那裡，不就是去我們家嗎？」

「但是她從剛才開始，就一直在這附近轉來轉去。」

「啊？你在說什麼？」

小結聽不懂弟弟的話，忍不住反問。

「我是說九尾婦人啊。」小匠回答。

「一開始是在學校旁看到她，我很好奇她要去哪裡，於是就跟蹤她，發現她在附近到處繞圈子亂晃，然後就走到這裡了。」

「她在附近亂晃？繞圈子？是不是迷路了？」

小結原本以為九尾婦人出門回來，從車站準備走回家，完全搞不懂她為什麼在學校附近和街上繞圈子走來走去。媽媽早上也說了，小結他們校區周圍，完全沒有任何名勝古蹟。

馬路兩旁已經沒有店家，前方是岔路。彎向左側的那條路通往街上，在彎道前方穿越平交道後，就是通往國道的路。

九尾婦人沒有穿越平交道，她沿著彎道走去街上的方向。

「啊？」

小結和小匠互看了一眼。

「為什麼?她沿著這條路一直走，又會回到學校那裡啊。」

「我就說她很奇怪啊。」

小匠注視著走遠的九尾婦人，對小結說，「所以我才會跟蹤她。」

小匠說完，想要繼續上前跟蹤九尾婦人，小結制止了他。

「喂!不行啦!你忘了媽媽說的話嗎?不可以做危險的事。禁止跟蹤。媽媽不是要我們提防九尾婦人嗎?我們趕快回家!」

小結說完，轉身面對平交道的方向，忍不住驚訝地倒吸了一口氣。

「啊?咦?……為什麼?」

小結太驚訝了，抓著小匠手臂的手也忍不住用力。

「好痛!姊姊，放開我啦!」

小匠抱怨著，甩開了小結的手，但似乎也發現了小結不太對勁。

他順著小結視線的方向看去，也忍不住發出了「啊啊！」的叫聲，瞪大了眼睛。

經過平交道的道路前方是國道的號誌燈，從平交道到號誌燈之間的路旁，是一棟三層樓的房子和投幣停車場，一個黑色的人影從停車場的轉角出現。那個走向號誌燈方向的人也穿著黑色長大衣，一頭白髮梳成丸子頭，快步漸漸遠去，但是，那個背影無論怎麼看，都是……。

「九尾婦人！」

小結小聲嘀咕。

小結和小匠站在平交道前，看了看平交道對面的九尾婦人，又看向走在左側路上的九尾婦人的背影。

「爲什麼？爲什麼會有兩個九尾婦人？」

5 跟蹤

「跟蹤他！」

小匠突然說了一聲，然後跑去追已經轉過彎道的九尾婦人。小結根本來不及制止他。

「等、等一下，不行啦！」

小結說道，但也只好離開平交道，跟了上去。

「姊姊，如果妳不想去，就不用和我一起去啊。」

小匠直視前方快步走著，想要甩開小結。他緊閉雙唇，似乎表達了絕對不退縮的決心。

「你跟蹤之後，有什麼打算？」

小結跟上小匠的腳步問道。

「不知道。」

小匠回答時，仍然快步走向前方。

「但是只要跟蹤她，也許可以知道她爲什麼要在這裡轉來轉去，而且爲什麼有兩個九尾婦人。」

小結察覺到自己內心的煞車鬆了。因爲她也很想知道這些問題的答案。想到這裡，內心想要找到謎題答案的心情越來越強烈，小結在不知不覺中加快了腳步。

小匠抬頭看著加快腳步的小結，小結看了弟弟一眼，點了點頭，然後又注視著走在前方的目標。

「好……。那我們就跟蹤到底，九尾婦人果然有什麼祕密，我們也許可以搞清楚她的祕密……」

他們下定決心之後，和小匠一直跟蹤的九尾婦人稍微保持了距離，繼續展開跟蹤行動。

那條路在平交道前有一個很大的彎道，左轉後和鐵軌平行，一路往北，通往小學那裡。

鐵軌對面就是另一所小學的校區。

小匠走路時緊挨著鐵軌旁的柵欄，他突然輕聲叫了起來。

「啊，她往左轉了。」

「在牙醫診所那裡。」

小結確認了轉角處的招牌，拔腿跑向那裡，背後的書包發出嘎答嘎答的聲音。

「我記得沿著這條路，好像可以通到學校東側的門？」

小匠追上來時問。

「我不知道，我很少來這裡，只記得路很窄。」

離開鐵軌旁那條路，一旦轉進小路，那裡就像迷宮一樣，房子也很老舊。

「不知道會不會跟丟……」

小匠跑到牙醫診所的轉角處，擔心地悄悄向小巷深處張望。

小路上有很多房子。前方有一棟老舊的兩層樓房子，種了一棵瘦巴巴的柿子樹，樹枝從黑色的圍牆探出頭，在這棟房子和稍微有點歪斜的電線桿之間，有一條車子無法通行的狹窄小巷子。

九尾婦人的背影很快就轉進巷子深處不見了。

小匠急忙想要追上去，小結抓住了他。

「不行，如果靠太近會被她發現。因爲我們的書包發出嘎答嘎答的聲音很吵。」

「如果不趕快追上去，眞的會跟丟。」

ENTAL
INIC

「但是如果被她發現就完蛋了。我們要悄悄跟上去，要悄悄地。」

小結說完，搶先走進了小巷。她躡手躡腳地沿著小巷往前走，以免書包發出聲音。冷冷的秋風從後方吹來，超越了他們。

小結很擔心位在下風處的九尾婦人會察覺到自己和弟弟的氣味，雖然不知道九尾婦人是否有順風耳，但無論如何，對方是狐狸，所以嗅覺比人類更加靈敏，不能和她距離太近，如果不拉開間隔，就很危險。

但是，小巷內視野不佳，很不適合跟蹤。因爲不僅無法事先看清楚前方的情況，而且每次走到一半，會遇到好幾條岔路，必須隨時確認每一條岔路後，再決定走哪一條路。他們沿途都必須悄悄向岔路深處張望，確認九尾婦人沒有走去那裡。

「姊姊，妳趕快豎起順風耳啊。」

小匠焦急不安地說。

「我有啊，但無法順利捕捉到動靜。」

小結在回答時也有點焦急。

「因爲風在小巷內打轉，而且我們位在上風處，我剛才就一直在觀察，但完全感受不到九尾婦人的動靜。」

「所以我們跟丟了嗎？」

「不知道，也許只是沒辦法捕捉到她的動靜……」

這時，他們的眼前突然開闊起來。那裡是某戶人家的農田，五、六條細長的農田中，一顆顆長得很好的白菜冒了出來，頂部都用白色繩子綁了起來。也有白蘿蔔從綠油油的葉子下方微微探出腦袋。農田後方，有一棵結了很多果實的柿子樹，在向晚的冬日天空中展開枝葉。

剛才走過的路，和經過農田後，通往前方的路上都空無一人，完全沒有人影。

「……果然跟丟了……」

小匠四處張望，失望地說。

小結既失望，又鬆了一口氣。她嘆了一口氣說：

「那也沒辦法啊，這裡路很小，而且又彎來彎去。」

「妳真的用順風耳也聽不到任何動靜嗎？」

小匠注視著小結問，他似乎仍然沒有放棄。小結用力深呼吸了一次，閉上了眼睛。她集中注意力，豎起了順風耳，在吹拂的風中尋找九尾婦人的動靜。

但是，她還是失敗了。風完全沒有帶來任何氣味或是腳步聲，沒有任何可以瞭解九尾婦人去向的線索。

小結緩緩睜開眼睛，搖了搖頭說：

「還是不行，完全聽不到任何聲音。」

「呿。」小匠垂下肩膀。

「那我們回家吧？」小結說到一半，突然感到不對勁。她無法捕捉到九尾婦人的動靜，但她發現順風耳捕捉到其他的動靜。那是什麼動靜？這是……。有什麼東西？不，是有人在小結他們附近。就在剛才走過那條小巷的中間。沒錯，那個人就躲在右側那棟房子的門柱後方。小結可以感覺到那個人躲在門柱後方，一動也不動地觀察自己。難道是自己的心理作用？還是那個人剛好站在門柱那裡？

「怎麼了？」

小匠看到小結突然不說話，納悶地抬頭看著她。小結不置可否地點了點頭，抓住了小匠的手臂。

「那裡……，我察覺到那裡有動靜，但還不是很確定……」

「啊？哪裡？那裡是哪裡？」

小匠一聽到有狀況，頓時來了勁。小結抓住他的手臂，率先走向農田前方的那條路。因爲她想遠離那個不明身分的人。小結加快腳步，想要趕快遠離那棟房子，不被對方察覺。

沒想到小結他們向前走了沒幾步，躲在門柱後方的人也跟了上來。

那個人離開門柱，小跑著衝到前方突出來的龍柏樹籬，目前正躲在樹籬後方。

並不是我的心理作用。

小結在內心嘀咕。她心跳加速，抓住小匠的手臂也冒著汗。

我剛才為什麼沒有發現……。我剛才一心只想著跟蹤九尾婦人，完全沒有發現自己也被人跟蹤了……

小結對自己的大意感到自責。剛才走在小巷中，她豎起順風耳，努力捕捉九尾婦人的動靜，爲了專心捕捉九尾婦人的動靜，刻意排除了其他聲音和氣味，無視其他動靜。沒想到原本以爲是風的呢喃的雜音中，竟然隱藏了跟蹤者的動靜——。

但是，到底是誰呢？為什麼跟蹤我們？

農田已經到了盡頭，前方又是民宅圍牆之間的小巷。後方的跟蹤者從龍柏樹籬後方衝了出來，追趕漸漸走遠的小結姊弟。

噗通噗通噗通噗通。小結的心跳加速。

好！

小結下定決心後，停下腳步，猛然看向後方。

她看到從樹籬後方衝出來的人影慌忙躲進電線桿後方。

「咦？什麼？怎麼了？」

小匠不知所措地問，小結沒有回答他的問題，緊盯著電線桿，然後鼓起勇氣對著電線桿問：

「爲什麼跟蹤我們？」

躲在電線桿後方的跟蹤者沒有回答，但是小結很確定，有人躲在電線桿後方。

「我知道你躲在那裡，趕快出來吧！」

小匠似乎很驚訝，他看了看小結，又看向電線桿。小結再次用力抓住小匠的手臂，準備隨時拔腿逃走。

「趕快出來啊！」

電線桿後方發出了窸窸窣窣的聲音，接著，一個矮小的人影出現在小結他們面前。小結和小匠看到那個人，同時叫了起來。

「大輝！」

「大澤大輝！」

同一個上學路隊的二年級學生大輝站在滿臉錯愕的姊弟面前。

「……怎麼回事？現在是怎樣？」

小匠目不轉睛地打量著大輝，問小結。

「……因為我發現好像有人跟蹤我們，我不知道是誰……沒想到、竟然是大輝……」

「什麼？你、跟蹤我們？」

小匠怒目圓睜，瞪著大輝。大輝身上沒有背書包，應該是回家後又再次出門。他的右手臂上掛了一個大拎包，一動也不動地站在他們面前。

「大輝，你眞的在跟蹤我們嗎？」

即使小匠質問大輝，大輝也不發一語，只是滿臉驚恐地看著他們。

「大輝，你在這裡幹什

麼？」

小結問。大輝小聲回答：

「我剛才去、兒童圖書館借書。……現在準備、去補習班。」

大輝掛在手臂上的拎包裡裝了大開本的書，那本書因為太大了，朝向上方的書脊從拎包中露了出來。

《冬季星座圖鑑》——小結看到書名，立刻產生了靈感。小結正想要捕捉這個靈感，大輝突然轉過身。

「拜拜！我補習班上課要遲到了。」

大輝大叫著，然後轉身跑走了。

「那傢伙是怎麼回事啊……？」

小匠生氣地嘀咕，小結注視著大輝離去的小巷，想起了一件事。

今年暑假的「自由研究比賽」中，二年級的大輝獲得了最優秀獎，這件事曾經引起大家一番討論。小結記得大輝的研究作品題目是

「夏日星座觀察日記」。大輝整天都在觀察星座，之前還曾經向大家炫耀，說聖誕老人送了他天文望遠鏡。

小結想起大輝家就住在對面那棟公寓的頂樓。

「怎麼了？」

小匠發現小結不發一語，忍不住問道。小結克制著內心深處湧現的不安說：

「……可能是他？」

「啊？什麼可能是他？」

「就是大輝啊，」小結說，「昨天晚上，可能是大輝看到了金鶴。」

「啊？妳爲什麼這麼說？這是怎麼回事？」

小匠驚訝地問。小結向他說明了剛才腦海中閃現的靈感。

「大輝不是住在我們家對面那棟公寓嗎？而且學校的人不是都知

道他很愛觀星嗎？暑假的『自由研究比賽』時，他不是觀察了夏季的星座嗎？如果大輝昨天晚上也在對面公寓的屋頂上觀察星星，當然不可能沒看到閃著金光飛來我們家的金鶴。」

「但這只是妳的假設吧？」

小匠插嘴說，小結繼續說了下去。

「雖然只是假設，但我認爲八九不離十。因爲大輝今天早上就有點怪怪的，他一直盯著我的臉。就好像我們覺得九尾婦人很可疑，所以決定跟蹤她一樣，大輝也一定覺得我們很可疑，所以才會跟蹤我們。他看到金色的鶴飛到我們家陽台上，當然會覺得我們很可疑。」

小匠的臉上也露出了不安的影子。

「這下子慘了……。如果大輝眞的看到了……。如果大輝接下來也想發現我們的祕密……整天跟蹤我們就慘了……。因爲我們家有太多祕密了，搞不好哪天眞的會被人發現。」

小結也默默點了點頭。小匠說的沒錯，問題不在金鶴，而是很可能因爲金鶴，導致別人發現了信田家一直守護的重大祕密。

「總之，我們趕快回家告訴爸爸、媽媽。」

小結說完，克制了好像汽水冒泡一樣不斷湧現的不安，邁開了步伐。

淡淡的暮色漸漸染上夜色，籠罩了房子之間的小巷。

回頭一看，西方的天空是一片落日餘暉。他們沿著彎曲的小巷走了一陣子，才終於回到熟悉的地方。小匠剛才說的沒錯，沿著這條小巷一直走，可以走到學校東側的門。

「我認得路了，這裡是雪奈家附近，我記得前面有一個沒什麼人去玩的公園。」

「唉。」

小匠嘆著氣，似乎已經精疲力盡。

「走了半天，最後還是被九尾婦人甩掉了，而且又沒有找到任何線索，簡直糟透了。九尾婦人在這裡轉來轉去，到底在幹什麼？而且也完全搞不懂爲什麼會有兩個九尾婦人……」

兒童公園出現在右側，這個小公園內只有鞦韆和紫藤架，周圍被住家的圍牆包圍，感覺昏暗又潮溼。

小結經過時看了一眼，發現空無一人的公園內，空蕩蕩的鞦韆前後擺動著。

「咦？」

小結忍不住停下了腳步，注視著擺動的鞦韆。

「爲什麼鞦韆在擺動？難道有人坐在上面嗎？」

鞦韆前後用力擺動，簡直就像前一刻有人站在上面盪鞦韆，然後才剛離開。而且兩個鞦韆都發出嘰嘰的刺耳聲音，輪流前後擺動。

「爲什麼不停下來？」

小匠歪著頭納悶。

小結和小匠百思不得其解，於是走進了公園，走向鞦韆。冷風吹過空蕩蕩的公園，紫藤架後方的樟樹樹梢發出沙沙的聲音，昨晚下的雨在鞦韆下方積了一灘水，那灘水被風吹得泛起漣漪。

風中響起一個聲音。

「我等很久了。」

小結和小匠驚訝地回頭看向後方，看到一個影子在公園角落的黑色圍牆前移動。黑色的影子……。不，是黑色的人影。

那個人就是九尾婦人。她對著愣在原地的小結和小結笑了笑說：

「這個公園眞不錯，空蕩蕩的，完全沒有人。」

小結在沒有其他人的公園內面對九尾婦人，後背感到一陣寒意。

這時，小結他們身後的鞦韆那裡又傳來一個聲音。

「而且清晨的那場雨，讓地面和遊樂器材都溼透了，所以不會有人來這裡。」

「啊！」

小結和小匠轉頭看向聲音的方向，忍不住發出了驚叫聲。另一個九尾婦人站在鞦韆後方的紫藤架下。

必須趕快逃走！

小結抓住小匠的手，準備跑去公園入口，沒想到另一個九尾婦人從公園入口走了過來。

「有……有三個！」

小匠的身體抖了一下。

「這裡還有喔。」

另一個方向也傳來聲音。小結和小匠跳了起來，看向入口相反的方向，發現第四個和第五個九尾婦人站在杜鵑樹叢前。小結和小匠握著手，看著周圍的五個九尾婦人，完全說不出話。

鞦韆不知道什麼時候停了下來。小結這時想起了媽媽說的話。

——要小心提防九尾婦人。

紫藤架下的九尾婦人靜靜地說：

「你們做了太多不該做的事。」

6 逃亡者

小結和小匠的身體緊緊貼在一起，打量著包圍自己的九尾婦人。

「你們姊弟兩人都很愛玩偵探遊戲。」

站在杜鵑樹前的其中一個九尾婦人語帶嘲諷地說。

「偷偷跟蹤別人很沒禮貌。」

站在樹叢前的另一個九尾婦人說。小結和小匠無言以對。

他們站在原地無法動靜，緊張的氣氛讓他們甚至不太敢呼吸。

「你們說說看，到底看到了什麼？」

站在紫藤架下的九尾婦人說。

「爲什麼想要跟蹤我？」

「……」

小結和小匠互看了一眼，然後小結代表弟弟小聲回答說：

「因爲……，因爲我們看到有兩個人，所以很驚訝……，不知道爲什麼會有兩個人……。於是，就跟蹤了其中一個人。」

小結對著站在紫藤架下的九尾婦人回答時，突然發現了一件事。有五個九尾婦人包圍了她和小匠，但是，順風耳悄悄告訴她，只察覺到一個人的動靜。

原來並沒有五個人！

小結在心裡大叫。

本尊只有一個人，其他四個人並不是真正的九尾婦人，那是假的幻影！

想到這裡，她終於知道爲什麼剛才和小匠一起跟蹤時，完全沒有捕捉到九尾婦人動靜的原因了。因爲他們跟蹤的並不是九尾婦人的本尊。

「妳爲什麼一直看著我？」

站在公園入口前的九尾婦人察覺了小結的視線，歪著頭問。小結的視線在不知不覺中，集中在可以感受到動靜的本尊身上。

九尾婦人的本尊和小結都不發一語，注視著對方。

這時，九尾婦人注視著小結的眼睛突然瞇了起來。

「原來是這麼一回事。」

小結覺得內心被九尾婦人看穿了，緊張地向後退了一步。

「我應該更早發現，妳是不是知道？妳是不是已經知道我是本尊？」

小匠驚訝地抬頭看著小結的臉。

小結沒有點頭，只是屏住呼吸，目不轉睛地看著九尾婦人。站在入口旁的九尾婦人雙眼一亮，向小結探出身體問：

「妳是不是有順風耳？」

小結這次也沒有點頭，但是，九尾婦人繼續說了下去。

「我眞是太大意了，爲什麼沒有更早發現。沒錯，妳的奶奶也有順風耳，妳從家族中繼承了相同的能力，也是很正常的事。」

小匠看了看小結，又看向九尾婦人本尊。小結不知道該怎麼辦，將原本看著九尾婦人的視線移向小匠。

「這是很出色的才能。」

九尾婦人用好像香草冰淇淋般甜美的聲音小聲說道。

「無論精通再多法術，無論再怎麼磨練技巧，還是無法掌握某些能力。太羨慕妳了，妳具備了出色的力量，所以才能夠從這麼多分身中發現我。」

「……這是怎麼回事？」

小匠小聲問小結。

「就是這麼回事。」九尾婦人回答。

站在公園入口前的九尾婦人本尊對著小結和小匠伸出右手，她的右手手掌朝上，似乎想要接住什麼東西。

九尾婦人嘴裡唸唸有詞，下一剎那，發生了令人驚訝的事。

原本站在小結他們身後的九尾婦人從空中飛了過來，跳到本尊的手掌上……原本以為是分身跳到了本尊的手掌上，但九尾婦人手掌上只有一張像白紙的東西。

「怎麼回事？」

小匠問小結，小結也不知道發生了什麼狀況。

這時，站在黑色圍牆前的九尾婦人跳向空中，好像體操選手一樣在空中翻了一個跟斗。

「啊！」

小結和小匠叫了起來。因爲九尾婦人在空中翻跟斗的同時，身體變成了一張白紙。白紙直直地飛了過來，然後飄落在九尾婦人本尊的手掌上。

「看好了，下一個在那裡。」

姊弟兩人看向九尾婦人手指的方向，站在紫藤架下的九尾婦人用力一蹬，在空中翻了一圈，變成了白紙。又有一張白紙飛過來，落在九尾婦人的手掌上。

除了本尊以外的四個九尾婦人分身都先後在空中翻跟斗後，在轉眼之間變成一張白紙，然後飛過來，飄落在九尾婦人本尊的手上，疊在一起。

「這下子明白了嗎？」

手掌上有四張紙的九尾婦人對著小結他們笑了笑：

「這是用紙剪出人的形狀，如果我說是紙人偶，你們是不是就能夠理解了？只要對這些紙人偶吹氣，就可以變成我的分身。……就像這樣。」

九尾婦人從右手的手掌上拿起一張紙人偶，拿到臉前，噘著嘴，吹了一口氣，然後丟向空中。

白色的紙人偶飄向空中，翻了一個跟斗後，立刻變成了九尾婦人的樣子。新出現的分身從空中落地。

「好厲害……」小匠小聲嘀咕著。

九尾婦人又嘀嘀咕咕唸著咒語，伸出手掌，分身向和剛才出現時相反的方向翻了一個跟斗，又變回一張白紙，回到了婦人的手上。

「好厲害……」小匠又說了一次，然後問九尾婦人：

「但是，妳爲什麼要製造分身？爲什麼要讓分身在附近走來走去？」

小結覺得小匠的問題太直截了當，忍不住爲他捏了一把汗。因爲九尾婦人剛才就認爲他們知道太多不該知道的事，所以一定不會讓他們知道更多祕密。

沒想到九尾婦人很乾脆地回答了小匠的問題。

「因爲我正在找東西，所以要分頭行動。」

「找東西？」

小匠重複了一次，然後和小結互看了一眼。九尾婦人繼續說了下去。

「因爲白狐族有一隻狐狸逃亡到這裡，我來這裡，就是來找那隻狐狸的下落。」

「果然是這樣！我們就知道妳一定是有什麼原因，才會特地來這個地方。白狐族就是住在中國山上的白色狐狸家族吧？中國的狐狸怎麼會逃來日本？那個逃亡者是什麼樣的狐狸？是壞狐狸嗎？」

小匠雙眼發亮，似乎很興奮。

「是能力很強的狐狸……」

九尾婦人沉默片刻後，似乎下定了決心，繼續說了下去。

「那是一隻身分高貴的狐狸，如果不趕快找到，然後帶回去，白狐族就會出大事。」

「出什麼大事？」

小匠問。

「這……」

九尾婦人說到一半，突然閉上了嘴巴。

「我當然不可能告訴你們，因爲這是祕密中的祕密。」

小結內心的不安越來越膨脹。

「……但是，爲什麼……？爲什麼白狐族的逃亡者會逃來這裡？世界這麼大，爲什麼偏偏逃來我們住的地方？」

「那隻狐狸成功地從戒備森嚴的房間內逃了出去。」

九尾婦人沒有回答小結的問題，有點不悅地說：

「聽說那隻狐狸在知道自己即將被關時，就事先做好了逃脫的準備，但是沒有人想到那傢伙竟然打算逃走，所以沒有提高警惕。那傢伙在被關之前，收買了認識的狐狸，拿到了兩樣東西。其中一樣是『青龍包』，另一樣是地圖。只要有這兩樣東西，即使被關在戒備森嚴的地方，也可以順利逃走。」

「要怎麼逃走？」

九尾婦人瞥了一眼發問的小匠後回答：

「你們知道青龍嗎？就是東方的守護神青龍。青龍每一千年會蛻皮重生，青龍包就是用青龍蛻下來的皮製做的。青龍蛻下的皮具有連結不同空間的力量，所以使用特殊的方法製作，就可以成爲珍貴的皮包。

只要指定出口，然後打開皮包，就可以讓目前身處的空間，和出口的另一個空間連結，然後自由自在地在兩個空間之間穿梭。也就是說，青龍包是入口，可以通往另一個世界。但是，正如我剛才的說明，想要去另一個空間時，必須明確指定出口，所以需要有一張地圖。爲了能夠逃得更遠，就需要很遙遠地方的地圖。」

「好厲害。」小匠又忍不住嘀咕，但小結越來越搞不懂是怎麼一回事。

「……但是……既然這個逃亡者在這裡，不是代表指定的出口就是這裡嗎？」

九尾婦人的嘴角露出淡淡的笑容。

「沒錯，雖然目前還不知道正確的出口位置，但是目前已經知道，逃亡者拿到的就是這個城市的地圖。……不，正確地說，是這個校區的地區。在這個城市，每年四月，一年級的小學生入學時，學校都會發給學生一張校區的詳細地圖。地圖上有馬路、公園和學校的位置，也會清楚標示住宅區每一棟房子是誰家……。那個逃亡者拿到的就是你們小學校區的地圖。」

「啊？爲什麼？爲什麼會有我們校區的地圖……」

小結和小匠驚訝地互看了一眼。住在遙遠的中國山上白狐族的狐狸，怎麼會拿到遠在日本的小結他們學校的校區地圖？

他們相互注視片刻，姊弟兩人內心浮現了同樣的想法。

「啊！」小結叫了起來。

「該不會……」小匠也猜到了。

九尾婦人默默地注視著他們兩人。

小結和小匠同時說出了相同的名字。

「夜叉丸舅舅?!」

九尾婦人點了點頭說：

「你們猜對了。被那個逃亡者欺騙，張羅了青龍包和校區地圖的不是別人，就是你們的舅舅。」

原來是這樣！小結心想。她想起不久之前，她打開校區地圖找同學家的位置時，夜叉丸舅舅剛好也在。

「眞是難得一見的地圖，上面還標示了名字，可以知道誰住在那裡。」小結記得舅舅當時這麼說，之後他一定把校區地圖帶走了。因爲夜叉丸舅舅看到任何他認爲稀奇的東西，都喜歡蒐集。他一定不加思索，就順手把地圖帶回家了。

小結和小匠在一年級時都拿到了那張地圖，所以家裡有兩張校區地圖，即使被舅舅拿走一張，也完全沒有任何影響，所以之前完全沒有發現。

而且夜叉丸舅舅很久之前就和中國的白狐族有交情，聽說他經常去參加白狐族的派對，所以可能認識那隻高貴的白狐。夜叉丸舅舅向來對別人的吹捧完全沒有抵抗力，只要那隻高貴的狐狸恭維、抬舉他一下，就會答應爲對方做任何事。於是爲對方張羅青龍包，然後把手上那張小結他們校區地圖也一起給那隻白狐，認爲可以助朋友一臂之力也完全合情合理。不，小結認爲這樣就可以解釋所有的疑問。

「……夜叉丸舅舅目前在哪裡？」

小匠擔心地問九尾婦人。

「逃亡者逃走之後，你們的舅舅就被抓到了，目前被關了起來，如果抓不到逃亡者，後果會很可怕。」

「有多可怕？」

小匠問，九尾婦人挑起單側眉毛問：

「你眞的想知道嗎？我不太想在小孩子面前說殘酷的事……」

「殘……殘酷的事？」

這句話似乎讓小匠嚇得魂不附體，他沒有再追問下去。

九尾婦人又繼續說道：

「幸好很快就發現了那隻狐狸逃亡這件事——。照理說，在隔天早餐時間之前，不會有人發現，但負責收晚餐的人忘了把水壺收回來，於是再度打開了那個房間的門，剛好看到被關在房間裡的狐狸跳進青龍包那一幕。

幸虧及時發現，白狐族的長老馬上採取了措施。雖然逃亡者把地圖帶走了，但那些長老使用了顯影術，成功地重現了攤在桌子上的地圖痕跡，所以才會知道逃亡者的去向。雖然不知道出口的確切位置，但逃亡者的確逃到了這個城市，於是長者立刻用白狐族的法術封鎖了校區地區的範圍，讓逃亡者無法離開這個範圍。那個傢伙仍然留在這裡，仍然躲在這個校區的某個地方。」

小匠聽了九尾婦人的話，忍不住發問。

「但是妳爲什麼要追那個逃亡者？」

九尾婦人聽了小匠的問題後，點頭回答說：

「我是受長老的委託。不瞞你們說，大部分白狐都不知道逃亡者的事，那隻高貴的狐狸逃走的事，目前還是祕密。因爲一旦消息傳開，山上會大亂。

所以長老希望我能夠暗中找到逃亡者，然後帶回山上，不要讓其他狐狸知道，這件事不能對外公開。

逃亡者是能力很強大的狐狸，追兵也需要有相當的能力，才能夠成功逮到，所以長者相中了我，更何況我會說日文，對日本人類生活的地方也略知一二。

我接受了長老的請託，既然白狐族出了大事，我當然要出手相助。

其實，我原本以爲抓到逃亡者並不是什麼困難的事，至少可以馬上發現那個傢伙的行蹤。因爲中國山上的狐狸單槍匹馬來到日本人類生活的地方，即使化身成人類，語言也不通，無論躲在哪裡，都可以察覺到動靜……。

沒想到我想得太簡單了。在受到長老的委託之後，我立刻來了這裡一趟，但無法查到逃亡者的下落，所以只好先回去。我發現事情無法輕鬆解決，於是決定做好充分準備，全力找出逃亡者。

既然這樣，就必須在這裡找一個落腳的地方成爲據點，需要有人協助我安排這樣的地方。我相信你們應該知道，我不可能把這件事告訴日本山上的狐狸，請那些狐狸協助我。因爲這是連白狐族都不知道的重要祕密，於是我找到了即使不需要說明情況，也願意協助的狐狸。」

「就是祝姨婆嗎？」

小匠問，九尾婦人點了點頭。小結也恍然大悟，忍不住點了點頭。

除了祝姨婆以外，恐怕沒有其他狐狸會相信九尾婦人相隔多年，打算微服私訪日本人類居住的地方，想要找一個有家庭氣氛的地方投宿這種聽起來就很奇怪的事。祝姨婆很喜歡接近有名的狐狸，而且也很喜歡祕密。

九尾婦人又向他們補充說明。

「你們一家人住在這裡，以及祝姨婆一定願意幫忙這兩件事，都是你們的舅舅告訴我的。

祝姨婆真的幫了很大的忙，多虧了她，我才能受邀住在你們家，而且也因此遇到了有順風耳的女孩。」

九尾婦人注視著小結，小結感到渾身不自在。

「請問……」

小結鼓起勇氣，問了剛才就產生的疑問。

「請問妳爲什麼把這麼重要的事告訴我們？這不是連白狐族的狐

狸也不知道的重大祕密嗎？狐狸山上的狐狸也不知道……。而且妳也沒有把這個祕密告訴我們的爸爸和媽媽，為什麼告訴我們？」

「好問題。」九尾婦人說，「妳很聰明，也許妳已經猜到了我為什麼要告訴你們這些事？」

九尾婦人說完，又目不轉睛地注視著小結的臉，然後突然小聲地說：

「請妳協助我。」

「……啊？」

小結驚訝地瞪大了眼睛，九尾婦人緩緩走向她。

「因為我希望妳幫助我，所以才會把祕密告訴妳，我希望可以借用妳的順風耳。」

「啊？……但是……我……」

九尾婦人走到小結和小匠面前。

「妳應該也想救妳的舅舅吧？」

九尾婦人注視小結的雙眼露出嚴肅的眼神。

「如果一直無法抓到逃亡者，白狐狸認爲妳的舅舅協助逃亡，不可能輕易放過他。無論如何都必須在此之前，找到那隻狐狸，所以希望借助妳順風耳的力量。」

一陣風吹來，公園內的樹木發出沙沙的聲音。站在小結身旁的小匠身體抖了一下。周圍的天色已經暗了下來。

小結把冷風吸進胸膛，問九尾婦人。

「……所以妳要借助我的順風耳，找到逃亡者的下落嗎？」

九尾婦人不發一語地點了點頭。

「那個傢伙，那隻白狐狸化身成人類，躲在這個校區的某個地方嗎？」

「這就不知道了。」

九尾婦人回答說：

「我完全不知道那隻狐狸怎麼消除自己的動靜躲起來，而且沒有被這裡的人發現。可能化身成人類，也可能變成木頭或是石頭，甚至可能化身成土地公……」

「妳覺得我有辦法找到那個傢伙嗎？」

小結問，九尾婦人用力點了點頭說：

「我自有妙計，總之，請妳助我一臂之力。」

小匠抬著頭，注視著小結。小結和他互看了一眼。九尾婦人發現小結還在猶豫，又繼續對她說：

「沒有時間了，我現在很著急，因爲我必須在明天太陽出來之前，找到那個傢伙，帶回中國的山上……。

我完全搞不懂，明明已經找遍了這一帶，仍然無法找到躲在這個小地方的狐狸，但是，一旦有妳的順風耳加持，或許就可以找到。

……不，一定可以找到。」

九尾婦人輕輕伸出手，摸著小結的手。

「妳願意幫忙吧？妳會幫助身陷困境的舅舅吧？」

九尾婦人冰冷的手讓小結忍不住害怕得縮起身體，但情不自禁點了點頭。

夜色中，九尾婦人看到小結點了點頭，露出了滿足的笑容。

7 祕密

小結、小匠和九尾婦人一起走在昏暗的路上回家。

走進公寓，在電梯廳遇到了等在那裡的媽媽和小萌。因爲他們太晚回家，媽媽很擔心，所以來樓下等他們。

「小結！小匠！你們這麼晚才……」媽媽說到這裡，立刻發現了九尾婦人，把原本想要罵他們的話吞了下去。

原本走在小結他們身後的九尾婦人走到媽媽面前，面帶微笑說：

「請妳不要責罵他們。因爲我從車站回來時，搞錯方向迷了路，

是他們幫了我的忙，於是我就請他們順便帶我四處看看。眞不好意思，在他們放學後，還讓他們陪我這個老太婆散步，但是多虧了他們，我相隔多年，又親眼目睹了人類生活的地方，太開心了。」

「你們去散步嗎？去哪裡散步？」

小萌問，九尾婦人又搶著回答：

「車站前的商店街，還有小學周圍，去了很多地方……對不對？」

聽到九尾婦人問「對不對？」小結和小匠不置可否地點了點頭。因爲九尾婦人叮嚀他們，不可以把祕密告訴任何人。

「我剛才告訴你們的事，你們不可以告訴爸爸、媽媽或是任何人。因爲只要稍微透露風聲，就會造成嚴重的後果。如果祕密洩露，你們的舅舅恐怕就慘了，知道了嗎？」九尾婦人不僅這麼對他們說，還說假如他們說出去，他們也會遭殃。

「遭什麼殃？」

小匠戰戰兢兢地問，九尾婦人得意地笑了笑後回答：

「這個嘛……，這次你們希望什麼從天而降？……蛇嗎？還是蚯蚓雨？」

小結對九尾婦人強硬的做法很生氣，忍不住向她抗議。

「妳不需要詛咒我們，我們也不會破壞約定。」

「唉……」九尾婦人一臉悲哀地搖著頭說：「真希望我是會相信純真孩子約定的好人，但是很可惜，我非常瞭解小孩子多麼不可靠，多麼說話不算話。」

想到甚至無法把祕密告訴媽媽，小結就覺得喉嚨深處好像被掐緊了，感到坐立難安。

媽媽聽了九尾婦人的回答，露出試探的眼神看著沉默不語的小結和小匠，但隨即放棄了懷疑，點了點頭說：

「好吧，既然你們剛才是帶九尾婦人四處走走，那就算了，但是我剛才很擔心你們。以後不可以再天黑才回家，現在白天的時間越來越短了……」

搭電梯來到五樓期間，小結和小匠交換了好幾次眼神，但九尾婦人完全沒有看他們一眼。她滿面笑容地看著小萌表演要在聖誕派對上跳的舞，看起來就像是很愛孫女的奶奶。

小結完全不知道自己要怎麼協助九尾婦人。

因爲九尾婦人只對她說：「今天晚上要借用妳順風耳的力量。」完全沒有說明詳細的計畫，也沒有告訴她有什麼安排。

九尾婦人打算在今天晚上做什麼？到時候會要求自己做什麼？

……小結想到這些事，就感到忐忑不安。

準備晚餐時，廚房內只有她和媽媽兩個人，小結鼓起勇氣，悄悄把內心的其中一個不安告訴了媽媽。

「媽媽，我跟妳說……。小匠不是說，昨天晚上，金鶴飛到陽台上時，他覺得對面公寓的屋頂有人看到嗎？我覺得可能是我們同一個上學路隊的二年級學生大澤大輝。」

這並不是從九尾婦人口中聽說的事，告訴媽媽應該沒有問題，而且她說了之後，也沒有下蚯蚓雨。

媽媽停下正在攪拌沙拉的手，看著小結。

「喔喔。」

不一會兒，媽媽恍然大悟地點了點頭：

「妳是說大澤家的小兒子嗎？他很喜歡觀星，還因爲觀察星座，在暑假作業的比賽中得了一等獎。他現在仍然在屋頂觀察星星嗎？但是，妳爲什麼覺得大輝看到了？他有這麼說嗎？」

小結搖了搖頭。

「他並沒有這麼說，但是他今天的態度很奇怪。在排路隊去學校時，他一直盯著我，放學回家時，還悄悄跟蹤我們……」

小結在最後的部分巧妙地修改了一下，向媽媽說明了情況。

「並不是不可能。」

媽媽一臉凝重地說。

「如果大輝剛好在對面的屋頂觀察星星，絕對會看到閃閃發亮的金鶴出現。」

「媽媽，妳覺得大輝會不會告訴他的家人？」

小結問媽媽。

「即使二年級的男生說，在深夜看到會發光的鶴，他的爸爸和媽媽也不會輕易相信。因爲大人覺得不可能發生這種事，就像不可能看到飛碟一樣。

也許大輝是因爲他的爸爸、媽媽不相信，所以才會一直看著妳，希望可以找到某些證據。……看來接下來這一陣子要格外小心，不是只有妳而已，他可能會監視我們家……」

爸爸很快就下班回家，大家開始吃晚餐。

這天晚上，媽媽卯起來做了大餐。主菜的大盤子上，有一整隻很大的烤雞。塗了蛋白烤得香噴噴的烤雞油油亮亮，皮很香脆，含有豐富油脂的肉汁不停地滴下來，令人垂涎三尺。在這個像國王般的烤雞周圍，是用花嘴擠出波浪形的馬鈴薯泥，白色的波浪上鮮紅的小蕃茄，就像是點綴皇宮的寶石。

大碗中色彩鮮豔的綠色沙拉中加了紅色和黃色的彩椒，玻璃盤子內裝了油醋洋蔥燻鮭魚，還有裝了用派皮包乳酪和小香腸烤出來的前菜，湯盤中裝了冒著熱氣的濃湯……。

即使晚餐的料理這麼豐盛，也無法擺滿大飯廳的桌子，但是大家看到桌上的美味佳餚，個個都瞪大了眼睛。

「哇！好驚人的大餐，簡直就像受邀參加宮廷的晚宴！」

九尾婦人坦誠地表達了感想。

「就該這樣嘛！沒有大餐招待客人，就像是沒有豆沙的豆沙麵包。」

小匠說著莫名其妙的話，一個人點著頭。

「小萌要三顆蕃茄，爸爸，三顆蕃茄喲！」

小萌從桌上探出身體，提出了要求。

「那大家一起開動。」

媽媽一聲令下，大家開始吃美味的晚餐。小結、小匠、小萌和爸爸、媽媽都大快朵頤，沒想到個子矮小的九尾婦人也不遑多讓。她的食慾完全不像是老人家，連聲說著「好吃、好吃」，不停地吃媽媽做的料理。

因為今晚要出門去抓逃亡者，所以她才吃這麼多嗎？

小結對九尾婦人的食慾感到佩服，在內心這麼想。

美味的晚餐結束後，九尾婦人說：「今天晚上，我要早點睡覺。」

「因爲妳今天出門一整天，一定累壞了。」爸爸也點著頭說，於是信田家一家人這天都提早上床睡覺了。

小結和小匠比平時更早躺在床上，在關了燈的房間內小聲聊天。因爲他們雖然躺在床上，但是睡不著，而且他們猜想九尾婦人很快就會來找他們。

「不知道九尾婦人打算怎麼抓到逃亡者，妳協助她的話，眞的能夠抓到嗎？」

躺在雙層床下鋪的小匠小聲問道，小結睡在上鋪，小聲回答說：

「不知道啊，雖然她說有妙計……。但是，不知道那個逃亡者的狐狸到底躲在哪裡，九尾婦人和她的分身在校區內找了一整天也沒有

發現，可見躲得很成功。」

「那隻狐狸爲什麼要從山上逃走？是不是做了什麼壞事？」

「不知道。」

小結躺在枕頭上，搖了搖頭。

「不知道夜叉丸舅舅是不是平安……」

小結聽了小匠的嘀咕，想到被關在白狐族山上的舅舅，忍不住嘀咕說：

「如果明天早上還沒有抓到那個逃亡者，不知道舅舅會怎麼樣。」

雖然夜叉丸舅舅吊兒郎當愛說謊，整天給信田家添麻煩，但小結還是很擔心舅舅。睡在雙層床上下舖的小結和小匠都陷入了沉默。

不知道爸爸他們是不是睡著了，書房完全沒有任何動靜。

秋天的夜越來越深。

咚、咚。

不知道過了多久。小結他們的房間響起了敲窗戶的聲音。小結在不知不覺中睡得很熟，聽到敲窗戶的聲音才醒了過來。

咚、咚。

敲窗戶的聲音再次響起。睡在下鋪的小匠也聽到聲音醒來了。小結輕輕從上鋪的欄杆探出身體，和從下鋪探出頭的小匠四目相對。

咚、咚、咚。

沒錯，有人在敲他們房間的窗戶。但是……小結他們住在五樓，他們房間窗戶外並沒有陽台，也沒有雨遮或是屋簷等可以站立的地方。

咚、咚、咚、咚。

敲窗戶的聲音再次響起，好像在叫他們。

小匠悄悄下了床，把手伸向窗戶。他拉開窗簾，昏暗的房間內可以看到路燈的燈光照亮的長方形窗戶。

因爲外面很冷，所以窗戶玻璃起了霧氣，看不到外面的情況。

小匠再次伸出手，用手掌擦掉玻璃上的霧氣。

「啊！」小匠小聲叫了起來，忍不住後退。

「九……九尾婦人……」

小結看向窗外，小聲叫了起來。九尾婦人把臉貼在窗前，探頭看著他們房間。

「你們在驚訝什麼？」

雖然隔著窗戶，但九尾婦人的聲音在房間內響起。雖然她並沒有大聲叫喊，但可以清楚聽到九尾婦人小聲說話的聲音。窗外的九尾婦人好像透過肉眼無法看到的耳機對他們說話。

「我來接妳了，妳要遵守承諾，用順風耳的力量協助我。」

九尾婦人到底怎麼做到在五樓的窗戶外向房間內張望？她浮在半空中嗎？還是站在很高的梯子上？

「我也要去。」站在窗前的小匠說。

「不行。」

窗外的九尾婦人語氣堅定地說，「我來迎接有順風耳的女孩，不需要多餘的人，因爲我們不是去玩。」

「姊姊，妳告訴她，如果我不去，妳也不去。我絕對要和妳們一起去。」

小匠不肯讓步，瞪著窗外的九尾婦人。小結看了看弟弟，又看向九尾婦人。要讓弟弟捲入這件事嗎？還是要一個人去？或是該拒絕九尾婦人，說自己不想去？

九尾婦人沉默了一下，嘆了一口氣，吐出一口白色的氣。

「好吧，那你就和我們一起去。因爲現在沒時間爭執，必須馬上出發。」

「出發？要怎麼出發？」

小結不知所措地問。書桌上的鬧鐘指向深夜十二點半，這麼晚了，能夠溜出家門，不被爸爸、媽媽發現嗎？

九尾婦人靜靜地說：

「外面很冷，你們要多穿點衣服，也不要忘記穿襪子和拖鞋，準備好之後就出來。」

「出去？要從哪裡出去？」

「當然是這裡啊。」

九尾婦人回答小匠的問題同時，他們房間的窗戶無聲地打開了。

夜晚冰冷的空氣吹進房間，小結和小匠都忍不住抖了一下。窗戶外雖然有防止墜落的護欄，但護欄也像電車月台上的安全閘門般向旁邊移動打開了。更令他們驚訝的是，在房間內的姊弟兩人這時才終於看清楚九尾婦人的樣子。九尾婦人的腳下踩著白色模糊的東西。

「雲……雲嗎？」

小結難以置信地瞪大了眼睛。九尾婦人竟然站在夜空的雲上，隔著他們房間的窗戶向內張望。

「趕快，動作快一點。」

聽到九尾婦人的催促，小結和小匠急忙穿上毛衣和外套，又穿上襪子，然後穿上洗澡後穿的鬆軟室內鞋。

九尾婦人看到他們準備就緒，從雲上探出身體，向他們招手。

「來，過來這裡，就像跳到木板上一樣。動作盡可能輕一點，不要看下面。」

小匠站在書桌上，跨過窗框，在九尾婦人的攙扶，跳到了雲上。

小匠跳上去後，雲就像浮在海上的小船，緩緩地上下晃動。

「好厲害！我竟然站在雲上！我飄在空中！」

小匠興奮地叫了起來，九尾婦人斥責他：「小聲點！」

接著，小結也站在書桌上，在九尾婦人和小匠的攙扶下跳到了雲上。小結的雙腳膝蓋以下都踩進了像柔軟的羽毛般的雲中，可以感受到腳底踩到了像抱枕一樣的白雲底部。白雲迎接了新的客人後，再次搖晃起來。這朵雲就像之前在運動公園的水池中，和爸爸他們一起划船時的那艘船那麼大。

雖然小匠剛才挨了罵，但小結也無法不說這句話。

「好厲害！原來可以站在雲上！」

「這是觔斗雲，是特別的雲，三個人站上去，似乎有點太小了。」九尾婦人說。

這時，一陣強風吹過公寓周圍。載了三個人的雲被風吹了起來，開始用力搖晃。

「你們兩個人都坐下。」九尾婦人說，「只要坐在雲上就很溫暖，也不必擔心會摔下去。等你們坐好，我們就出發了。」

小結和小匠剛才爬出來的房間窗戶靜靜地關上了，防止墜落的欄杆也滑回了原來的位置，好像什麼事都沒發生。

這時，雲朝向夜晚的高空上升。

要去哪裡？接下來會發生什麼事？

小結低頭看著漸漸遠離的房間窗戶想道。

8 騰雲駕霧

那片白雲來到公寓的上空，緩緩滑向南方天空時，小結突然想到一件事，戰戰兢兢地從白雲邊探出身體。她想確認對面公寓的屋頂，是否有人看到他們。但是，即使她瞪大眼睛，也沒有在屋頂上發現人影。雖然對面公寓還有幾扇窗戶亮著燈，但大部分住戶都已經關了燈，整個社區都陷入了寂寞。

說起來也不意外，現在已經快凌晨一點了，小學生不可能這麼晚仍然在屋頂上……

也許是因爲白雲飛得很高的關係，空氣冰冷，吐出的氣都變成了白色，消失在黑夜中。白雲衝破了冰冷的空氣，在城市上空滑行。風雖然在小結和小匠的身邊打轉，但白雲上方有一點溫暖。

坐在白雲上，在城市上空飛翔的感覺很奇妙。竟然可以在空中飛翔，同時看到熟悉的城市出現在腳下！小結和小匠都說不出話，在夜空中目不轉睛地看著下方的風景。

農曆十四日夜晚的月亮發出透明的光，照亮了黑夜，整個城市、山脈、道路和鐵軌都發出藍藍的光，簡直就像沉入了深深的海底。星星在黑暗的夜空中眨眼。

白雲好像在海面上前進般順著風，在夜空中滑行。有時候，氣流像瀑布一樣迅速下降，白雲在黑暗中急速下降時，好像在坐雲霄飛車，太好玩了。

這一陣子一直籠罩在上空的烏雲也不知去向，夜空中只有三、四朵蓬鬆的棉花雲。那幾朵棉花雲浮在夜空中，一動也不動。小結他們坐的白雲在那些棉花雲下方飛翔，如果現在有人在地面抬頭看天空，看到只有一朵雲在低空快速飛翔，一定會覺得很奇怪。

小結和小匠陶醉在夜空的散步中，九尾婦人窸窸窣窣地從長袍口袋裡拿出了一樣東西。九尾婦人把那張紙攤在月光下，才發現竟然是小結他們學校的校區地區。

九尾婦人在白雲上攤開地圖後，對小結說：

「接下來會在這張地圖範圍的上空慢慢飛翔，妳要豎起順風耳，尋找出口的痕跡。」

「什麼？出口的痕跡？」

小結原本以爲今晚的目的是要找逃亡者，所以有點不解地問。九尾婦人向她說明。

「白狐逃來這個世界，一定在這個城市的某個地方，留下了闖入

時的痕跡。白天時，我不是告訴你們白狐從中國山上逃走時的情況嗎？你們還記得嗎？當看守回去拿水壺時，親眼看到白狐跳進了青龍包……。看守差了一步，沒有抓到白狐，但是成功抓住了青龍包。青龍包既是隧道的入口，同時也是出口。當白狐跳進青龍包之後，照理說青龍包會消失，當白狐跳進去，青龍包關起來之後，入口就會關閉，青龍包就會從入口地點消失，然後出現在隧道的終點，打開出口。

但是因爲看守抓住了青龍包，造成了破壞，所以青龍包並沒有消失，所以隧道終點，也就是這個世界某個地方的出口並沒有打開。白狐失去了出口，在進入這個世界時，只能強硬衝破時空的牆。

一旦強行破壞時空牆，一定會留下痕跡。強行衝破時在時空牆上留下的破口無法輕易消失，雖然四、五天之後，會像傷口癒合般完全消失，但逃亡者逃來這裡不是才兩天嗎？所以破口還沒有完全消失，一定留在這個城市的某個空間。只要妳豎起順風耳，一定可以找到逃亡者衝破這個城市時留下的時空破口。我想要妳協助找到這個破口。

只要知道逃亡者進入這個城市的起點，就可以用特別的法術追蹤到白狐的下落。雖然我在這個校區內走來走去，尋找逃亡者的下落都無功而返，但這個方法可以確實追蹤到白狐的下落，所以希望妳可以找到出口的痕跡。」

「這……我有辦法找到嗎？」

小結聽了九尾婦人的說明，感到極度不安，低頭看向白雲下方的城市。

「沒問題，妳一定可以找到。」

九尾婦人堅定地點了點頭，但小結完全沒有自信，更何況她以前從來不曾用順風耳找過這種東西。校區的範圍超出了小結的想像，眞的有辦法在這麼大的空間內，找到白狐留下的出口痕跡嗎？

「妳聽好了，不要注意細節，可以無視房子、馬路或是樹木這些東西，要觀察整個城市的空氣和風的流動。破口周圍的空間會發生扭曲，所以空氣、風的流動會和其他地方有微妙的不同，妳必須找出這個地方。知道嗎？好，那妳來試試。」

小結吸了一口冰冷的風，集中了注意力。她輕輕閉上眼睛，把肉眼可以看到的東西從意識中排除，傾聽順風耳傳達的內容。

「來吧，妳豎起順風耳，聽取順風耳告訴妳的內容，然後想像那個畫面。」

九尾婦人的聲音好像又透過耳機，傳到小結的耳中。

「妳看到了什麼？」

小結把眼瞼黑暗中呈現的畫面所告訴了九尾婦人。

「……夜晚冰冷的空氣下，整個城市都陷入一片寂靜，底部傳來了隱約的聲音和動靜……」

「對。」九尾婦人聽了小結的話，似乎點了點頭。

「整個城市目前沉入了黑暗深處，妳是不是覺得淹沒城市的黑暗很像是黑色的果凍？冰冰涼涼，微微透明，而且很光滑。

在這片黑色的果凍中，一定有某一點破口。妳必須找到這個破口。專注在順風耳上，注意觀察黑暗中是否有粗糙不勻稱的地方？有沒有氣流卡住的地方？」

和剛才相比，白雲放慢了速度，以順時針的方向在校區上空由外向內，逐漸縮短旋轉半徑。九尾婦人似乎打算靠小結的順風耳，在校區內展開地毯式搜索。小匠在白雲上屏住呼吸，一動也不敢動。除了拂過耳邊的風以外，完全沒有任何東西妨礙小結。

但是，校區南側往東西方向延伸的國道附近，以及繼續往北的鐵軌周圍，以及校區北側的河流岸邊，都沒有發現像是出口痕跡的動靜。房子和房子之間的小路、公園和空地……，整個城市都被冰冷而滑順的夜晚空氣包圍，黑暗中完全找不到任何破綻或是小破口。

白雲已經在上空盤旋了好幾圈，漸漸接近了校區中心。校區中心就是小結和小匠就讀的小學。

果然不行，我找不到。

小結閃過這個念頭時，發現黑暗深處有什麼東西在對她輕聲細語。順風耳捕捉到隱約的動靜。

「啊……。停、停一下！雲、趕快停下來！」

小結慌忙叫了起來，說完之後，才想到**雲有辦法停下來嗎**？但白雲真的停了下來。白雲上明明沒有煞車，也沒有錨，竟然就這樣停在天空中，隨風微微搖晃。

「妳是不是發現了什麼？」

九尾婦人用充滿期待的聲音問，但小結沒有回答。她豎起了順風耳，專心在白雲下方的黑暗中尋找。白雲現在幾乎停在小學校舍的正

上方，她可以感受到建築物推開風，穩穩地在地面紮根的動靜，但是小結把建築物趕出腦海，將意識集中在空氣和風的流動上。

果然沒錯！光滑透明的黑暗中，有一個地方產生了扭曲。風在那裡微微打轉。小結突然覺得自己坐在一艘白雲做的船上，向黑暗的海底世界張望。籠罩整個城市的冰冷空氣中出現的微小扭曲，就像是海水中的小漩渦。在緩慢流動的空氣中，只有那個地方的風在打轉。

有破洞！空氣被吸入這個破洞

中！

小結睜開眼睛，低頭看向白雲下方。她看到了小學校舍的屋頂，她用力吸了一口氣後小聲地說：

「……我找到了。」

小結定睛細看後，指著屋頂上的一點。小匠和九尾婦人都探出身體，順著她手指的方向看去。

「那裡。」小結明確地告訴九尾婦人，「就是校舍屋頂的角落，避雷針基座旁邊，那裡有一個很小的破洞。我認爲那就是出口的痕跡，周圍的空氣都旋轉著，被吸入那個小洞……」

「原來如此。」

九尾婦人一臉佩服地點了點頭。

「原來在校舍的屋頂上……。難怪我在下面走了半天都沒找到，離地面那麼遠，即使在地面再怎麼努力尋找，也不可能察覺到出口的動靜。」

九尾婦人說完，立刻從長袍口袋裡拿出了什麼東西。

原本看著地面的九尾婦人收回視線，低頭看著攤在雲上的地圖，確認了位在校區地區正中央的小學，然後把從口袋裡拿出來的東西，放在地圖的學校上。

「妳要幹什麼？」

一直沒有說話的小匠好奇地問，九尾婦人在地圖上放了一枚像是古錢幣的東西，和五圓硬幣差不多大，中間有一個四方形的洞。

「你們知道『碟仙』嗎？」

九尾婦人心情愉快地詳細向他們說明。

「這比碟仙的威力更強大，但機制大致相同。召喚狐狸的古靈，瞭解逃亡者的下落。一旦掌握『出口』……也就是逃亡者進入這個世界的起點，就穩操勝券了。只要把古錢幣放在起點，接下來只要等待古靈告知。」

九尾婦人說完，臉上露出了笑容，小結和小匠都忍不住探出身體看著地圖。正下方的學校出現在地圖上，菱形的操場和操場右上方的「ㄇ字形校舍，古錢幣蓋住了地圖上的學校。

小結和小匠屏住呼吸，目不轉睛地等待古錢幣移動。

但是，古錢幣一動也不動。

「……？」

小結和小匠不耐煩地互看了一眼。

「呃……，古錢幣完全沒有動靜……」

小匠向九尾婦人報告，九尾婦人注視著古錢幣，似乎在思考。

「這樣啊……原來是這麼一回事。」

不一會兒，聽到九尾婦人小聲嘀咕。

「但是，爲什麼會在這種地方……」

小結和小匠完全不知道發生了什麼事，又忍不住互看了一眼。「這麼一回事」是怎麼回事？「這種地方」又是什麼地方？下一剎那，陷入思考的九尾婦人採取了行動。

九尾婦人動作俐落，她把手伸向頭頂，拔出一支紅珊瑚髮簪。原本以為是紅珊瑚髮簪，沒想到當九尾婦人拔下來後，在她手上變成了一根串了紅線的針。

九尾婦人用那根針和紅線，在地圖上的小學周圍縫了起來。小結和小匠呆若木雞地看著九尾婦人。

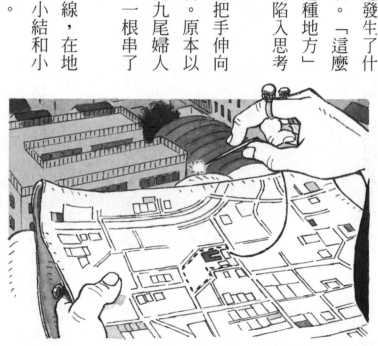

「……妳在幹什麼？」

小匠終於忍不住問道。九尾婦人已經用紅線在小學操場周圍縫了一圈，最後輕輕拉了拉線，將縫線壓平，打了一個結，把針插在地圖上，才終於抬頭看向小結姊弟。

「這樣就搞定了，這只是應急措施，可以暫時封鎖小學。」

「封……小學？」

小匠無法理解，問九尾婦人。

「就是把小學的空間封閉起來。」

九尾婦人從容不迫，心滿意足地看向下方的小學。

「這麼一來，那傢伙就無法離開那裡了。」

「那傢伙是誰？」

小結問。九尾婦人笑了笑，看著小結和小匠的臉。

「當然就是白狐族的逃亡者，你們剛才不是也看到了嗎？古錢幣告訴了我逃亡者的藏身處。」

「古錢幣根本沒動啊。」

小匠說完這句話，突然想到了什麼，用力吸了一口氣。

「啊，原來是這樣。因爲逃亡者就在那裡，所以古錢幣沒有移動……。這代表逃亡者就躲在學校！」

小結聽小匠說話的同時，再度看向留下異界出口痕跡的小學校舍屋頂。

風吹動了白雲船，小結的視野也跟著搖晃起來。

「啊！……有人在那裡！」

小結在屋頂的黑暗中看到一個人影，大叫起來。

「啊！哪裡哪裡？」

小匠慌忙向小結的方向探出身體，白雲船用力傾斜起來。

「喂！這樣很危險，你趕快坐去那裡！」

小結驚恐萬狀地把弟弟的身體推了回去，一陣忙亂之後，人影消失不見了。

「都是你啦！現在看不到了，剛才有人在屋頂的門旁邊……」

小結嘟著嘴說，九尾婦人低頭看著屋頂，點了點頭。

「果然在這裡，也許對方也在監視我們的動靜。也許是跟著這片雲來到這裡……。總之，對我們來說是好事，那個傢伙這下子完蛋了，無法逃出學校了。來吧，我們趕快去抓住那傢伙。」

白雲突然緩緩下降，原本乘著風的白雲船好像變成了潛水艇，沉入黑暗深處。

學校越來越近。熟悉的操場、每天出入的校舍，所有的一切都淹沒在黑暗中，安靜得宛如一個陌生的世界。

「先去校舍內找似乎是上策。」

九尾婦人看著白雲下方漸漸逼近的黑色校舍說。

載著他們三個人的白雲靜靜地降落在操場角落的攀爬架上。白雲的底部碰到了攀爬架的頂端。

「來，從這裡下來。」

九尾婦人說完，走下白雲，沿著攀爬架來到地面。

小結和小匠也跟著她來到地面。

「好，那就開始行動。」

九尾婦人站在操場上，抬頭看著昏暗的校舍，走向正面玄關。

9 夜晚的學校

「你們兩個人在這裡等我。」

九尾婦人走到校舍的正面玄關時說。

「我們先去這棟房子內確認情況。」

「我們？」

小結問，九尾婦人把手伸進長袍口袋，拿出了白色的東西，然後對著白色的東西吹了一口氣——。

「啊！紙人偶！」

小匠叫了起來。

紙人偶飄向天空後，在空中翻了一個跟斗，九尾婦人的分身就出現了。

一個、兩個、三個……和公園時一樣，有五個九尾婦人站在小結姊弟面前。

「那我們就去看一下。你們留在這裡，如果發現任何人，馬上來通知我。」

小結打量著黑漆漆的空蕩蕩操場，和被黑暗籠罩的校舍，不安地問：

「但是……要怎麼通知妳？」

九尾婦人在正面玄關的大玻璃門前回頭看著小結，呵呵笑了起來。

「別擔心，只要妳大聲吆喝，我就會飛過來。雖然我沒有妳那麼厲害，但妳可別忘了，我也有狐狸族的耳朵。」

九尾婦人說完，帶著四個分身走進了漆黑的校舍。當九尾婦人她們走到門前時，原本上了鎖的大門立刻打開，好像在迎接她們。當一行人走進校舍後，門又靜靜地關上了。

「妳覺得有辦法逮到那個逃亡者嗎？」

小匠看著玻璃門後方的黑暗空間，擔心地問。

「既然已經追到這裡了，一定沒問題。」

小結的回答是同時讓自己和弟弟感到安心。

夜晚的學校安靜得可怕，操場和校舍周圍的水泥地面之間花圃角落種了八角金盤樹叢，不時被冷風吹得搖晃著，好像在向他們招手。校舍中完全沒有燈光，只有逃生門上的綠色燈光在黑暗深處發出寂寞的光。

小結豎起了順風耳，但幾乎聽不到大門緊閉的校舍內的動靜，也不知道逃亡者目前是否在這棟房子內。九尾婦人不知道在哪裡，不知道去哪裡確認。

當小結豎起順風耳，想要知道九尾婦人本尊的下落時，聽到了腳步聲。小結忍不住歪著頭。

是校舍內傳來的聲音嗎？——不，不是。

她的心臟噗通噗通跳了起來。

不是校舍內！是校舍後方傳來的！是體育館的方向。

有人在校舍後方走路。

「好冷，早知道應該多穿幾件衣服。」小匠說。

「噓！」小結示意他不要說話。小匠發現小結的反應不對勁，小聲地問：

「……怎麼了？」

「有人。體育館那裡有腳步聲。」

小匠也露出緊張的神色，轉頭看向體育館，然後對小結說：「我們去看看。」

「啊？你說什麼啊？」

小結大吃一驚，但弟弟已經像忍者一樣，把身體緊貼著校舍的轉角處，躍躍欲試地探頭看向體育館的方向。

「你不要亂來！我們的任務不是發現狀況，就通知九尾婦人嗎？你該不會想要自己抓住逃亡者吧？」

「現在還不知道是不是逃亡者的腳步聲，所以要去確認一下。」

「除了逃亡者，還會有誰在這裡。你知道現在幾點嗎？現在是半夜一點多。」

小結的話還沒有說完，小匠就轉過轉角處，不見蹤影了。

「啊？咦？不會吧？怎麼會有這種事？」

小結小聲抱怨著，立刻追了上去。她在校舍的轉角處探頭張望，發現小匠像忍者一樣，貼著牆壁往前走。

「我爲什麼會有這種魯莽的弟弟……」

雖然小結很想大聲叫他：「趕快回來！不要亂來！」但又擔心會被校舍後方的人聽到。小結正在猶豫要不要叫九尾婦人，小匠持續走向前。

怎麼辦？要叫九尾婦人，告訴她「找到逃亡者了」嗎？

但是，校舍後方眞的、絕對是逃亡者嗎？如果不是的話，該怎麼辦？如果大聲叫九尾婦人過來，結果是完全無關的人怎麼辦？比方說，是某個在深夜散步的叔叔，或是老師回來學校拿忘記帶回家的東西……。

小結煩惱不已，小匠已經沿著校舍旁的牆壁走到了終點。

小結大吃一驚。因爲在校舍後方躡手躡腳走路的那個人正走向這裡。腳步聲越來越近。小匠從校舍的轉角處探頭看向體育館的方向，如果繼續留在那裡，就會撞見走過來的那個人。

「小匠！快回來。這裡！這裡！」

小結小聲叫著弟弟。

月光下，她看到小匠回頭看了自己一眼。

這時，一個矮小的人影從校舍後方轉過轉角出現了，剛好出現在小匠的身後。小匠把頭轉回去時，忍不住向後跳了一步叫了起來。

「啊！」

小結發現蒼白色月光下的矮小人影很熟悉。但是，她還來不及發現那個人是誰，小匠就叫了起來。

「大輝！……大澤大輝！你怎麼會在這裡？」

小結忍不住沿著校舍周圍的水泥地跑了過去，跑到小匠的身旁，然後親眼確認小匠說的話。

「大輝……」

從校舍後方走出來的不是別人，眞的就是同一個上學路隊的二年級學生大澤大輝。

為什麼？怎麼回事？現在是什麼狀況？

小結腦袋一片混亂。難道大輝今天晚上也從對面公寓的屋頂監視自己家嗎？雖然小結剛才向對面公寓屋頂確認時沒有發現，也許大輝躲在某個地方，偷偷監視自己家。

大輝是不是看到小結他們坐在雲上，在天空中飛翔？不，正因爲他看到了，才會跟著他們一路來這裡吧？

如果不是只有逃亡者跟著白雲來到這裡呢？

大輝是不是也跟著小結他們剛才坐的白雲，結果看到了白雲在學校的操場上降落呢？

噗通噗通噗通噗通。心跳加速，心臟快從嘴巴裡跳出來了。

「你怎麼會在這裡？」

小匠再次語帶責備地問大輝。

「我在、看星星。」

大輝幽幽地回答。

「少騙人了。」

小匠繼續追問：

「你在哪裡看星星？你三更半夜跑來學校看星星？你爸爸、媽媽會罵你吧？你這麼晚還在外面遊蕩，一定會被你媽媽罵。你趕快說實話，到底看到了什麼？」

大輝一臉為難，手足無措地看了看小結，又看了看小匠。

「大輝。」

小結努力平靜劇烈的心跳，盡可能用溫柔的語氣問大輝。

「你爲什麼會來學校？現在不是小孩子在外面遊蕩的時間，你來學校幹什麼？」

小結在問話的同時，很擔心大輝問他們來學校的理由。

「很快就必須回去了。」

大輝的回答有點莫名其妙。他的意思可能是馬上就得回家了，但這句話根本沒有回答小結的問題。

「你有沒有告訴爸爸、媽媽？」

小結問，大輝搖了搖頭。小結並不感到意外，因爲沒有父母會讓小學二年級的孩子在深夜一點多獨自出門。

「那你瞞著爸爸、媽媽出門，來這裡幹什麼？這麼晚了，你一個人走來學校嗎？」

「因爲啊……」大輝說，「我們在找星星，昨天和前幾天晚上，也都一直在找星星，希望可以找到星星。」

小結和小匠互看了一眼，他們還是聽不懂大輝在說什麼。他剛才說「我們」，除了他以外，還有誰？

「星星？你在看什麼星星？」

小結順著大輝的話問道，抬頭看著學校上方的夜空。校舍擋住了視線，無法看到整個天空，但難得放晴的夜空中，有許多星星在閃爍。特別明亮的北極星，和西方的獵戶座腰帶的三顆星星都看得格外清楚。

「老人星。」

大輝說了一個很奇怪的名稱。

「啊？老人星是什麼？」

小結問，大輝一臉嚴肅地向她說明：

「我們在找老人星，但老人星很難找到，昨天和之前幾天的晚上都被雲遮住了，完全看不到。很快就必須回去了……」

大輝說最後一句話時，顯得有點難過。

身旁的小匠用嚴厲的口吻插嘴問：

「如果你要觀星，在公寓的屋頂上不就可以看到嗎？我在問你，你爲什麼要來學校？你聽得懂我的問題嗎？你平時不是都在公寓的屋頂觀星嗎？爲什麼偏偏今天晚上會來學校？」

「因爲很快就必須回家了……」

大輝又重複了相同的話。

小匠無奈地歪著頭，看著小結。

「他是不是在說夢話？說話太莫名其妙了。……還是他想唬弄我們？」

小結也不知道。大輝說的話太莫名其妙，照理說，如果他看到小結他們騰雲駕霧，然後在學校降落，他應該更緊張，或是驚訝，甚至可能陷入混亂，但是他的態度鎮定自若，只是說的話答非所問，牛頭不對馬嘴。

大輝在睡衣外穿著外套，腳上穿著襪子和球鞋，他應該在全家人都熟睡之後，獨自溜出家門，走到這裡，不像是睡迷糊的樣子。

「好吧……。你差不多該回家了，今天晚上很冷。」

小結放棄繼續追問，對大輝這麼說，沒想到大輝猛然抬起頭，瞪著小結。

「離天亮還早，要找到老人星。」

「啊？但是現在已經很晚了。」

小結被大輝的氣勢嚇到，這麼回答時，身後響起一個聲音。

「原來你們在這裡啊，我找了老半天。」

轉頭一看，九尾婦人獨自轉過校舍的轉角，朝他們走來。似乎是九尾婦人本尊。

慘了……

小結慌忙看了看大輝，又看了看九尾婦人。光是要如何說明她和小匠為什麼三更半夜在學校就很困難，如今九尾婦人出現，就更加說不清了。九尾婦人一定不希望其他人知道她的祕密，而且也完全無法預料大輝看到九尾婦人會有什麼感想，也不知道九尾婦人看到大輝會怎麼想。

「咦？這個孩子是誰？」

九尾婦人走到小結和小匠身旁後，發現還有第三個人，於是停下了腳步。

不妙！不妙！不妙！小結內心警鈴大響。小匠遇到這種情況時完全無法幫上忙，他把頭轉到一旁，似乎不想面對眼前尷尬的情況。

小結絞盡腦汁，思考著如何化解眼前的尷尬，她語無倫次地對九尾婦人說：

「呃……那個……。我來爲妳介紹，他的名字叫大澤大輝，他是二年級學生，和我們同一個路隊上學。呃……他很喜歡觀星，所以今天晚上也……應該說，他今天晚上來學校看星星……」

「這樣啊。」

雖然小結的說明很牽強，但九尾婦人很乾脆地點了點頭，面帶笑容看著大輝。

「你爲了觀察星星特地來學校嗎？眞是認眞啊……」

大輝不發一語，默默打量著九尾婦人的臉。要怎麼向大輝說明九尾婦人和小結、小匠的關係，以及爲什麼三個人會在學校？

小結又對著大輝開了口，努力想要解釋目前的狀況。

「呃，我來介紹一下。這位是九尾……不，是久妹夫人，是住在我們家的客人。……久妹夫人今天晚上睡不著，說想出來散步，所以我們就陪她出門了。你瞭解嗎？」

小結問，但大輝沒有點頭。

他果然無法相信，即使是二年級的學生……

小結手足無措，偷瞄著九尾婦人和大輝。

「你什麼時候來學校的？」

九尾婦人滿面笑容問大輝。

「……剛才。」

大輝小聲回答。

「剛才是多久之前？你來這裡很久了嗎？這麼冷的晚上，你一個人來空蕩蕩的學校，一直在看星星嗎？」

「我才剛到。」大輝改口說。

九尾婦人滿面笑容地說：

「這樣啊，所以你才剛到嗎？」

雖然九尾婦人臉上帶著笑容，但顯然在懷疑大輝說的話。九尾婦人可能懷疑大輝看到了小結他們剛才坐的白雲，所以可以感受到冰冷的空氣漸漸凝結。小結無法插嘴，只能緊張地看著九尾婦人和大輝對話。

就在這時，九尾婦人的分身之一悄然無聲地從校舍後方走了出來——。

小結和小匠同時看向出現得很不是時候的分身，倒吸了一口氣。

啊，怎麼辦？這下子慘了，沒辦法向大輝解釋了。為什麼有兩個長得一模一樣的婆婆出現在夜晚的學校？他絕對覺得很奇怪……

這下子沒辦法解釋了……雖然小結在心裡已經放棄，但她無法不開口，於是挑戰了更牽強的說明。

「你聽我說，這位是久妹夫人的妹妹，久妹夫人有一個雙胞胎的妹妹，她的妹妹也住在我們家。對不對？小匠，你說對不對？」

小結輕輕戳了戳在一旁發呆的弟弟，尋求弟弟的支援。

「啊，嗯，對啊。姊姊說的沒錯！久妹夫人是雙胞胎。」

小匠很不自然地附和時，分身二號竟然從正面玄關方向走了過來。小結一時說不出話，像金魚一樣張大了嘴巴。

「不是……雙胞胎，是三胞胎……」

小匠代替小結這麼說時，三號分身出現在二號分身後方，四號分身從最初出現的一號分身後方走來。

五個九尾婦人全員到齊，站在小結、小匠和大輝周圍。

「……其實她們是五胞胎姊妹花……」

小匠結結巴巴說道，但所有人都不理會他。小結瞪了他一眼，示意他閉嘴！眼前的狀況糟透了，根本無法辯解。

在緊張達到顛峰時，九尾婦人本尊開了口。

「還真會躲啊。」

九尾婦人對大輝說完這句話，向四個分身使了眼色。原本隨便站

在那裡的四個分身包圍了小結、小匠和大輝。

小結和小匠目瞪口呆，九尾婦人本尊目不轉睛地注視著大輝，緩緩地說：

「害我找了很久。」

找了很久？找誰？找什麼？九尾婦人為什麼對大輝說這句話？

小結搞不清楚狀況，看了看九尾婦人，又看向大輝。大輝沒有回答九尾婦人，但也沒有驚訝，只是默默注視著九尾婦人。九尾婦人又對大輝說：

「我沒有想到，妳竟然有這麼大的能耐。雖然我猜到妳爲了轉世累積了能量，只是沒想到成長這麼迅速。但是，妳逃不過我的火眼金睛，趕快離開這個孩子的身體。」

「啊？離開？」

小匠驚訝地看著九尾婦人。

「離開這個孩子的身體？」

九尾婦人說的話太令人意外了，小結陷入了混亂，看著大輝。九尾婦人沒有理會小結和小匠，繼續對著大輝說話。

「妳以爲可以瞞過我嗎？我知道妳躲在這個孩子的身體裡，妳已經逃不掉了。」

「啊？……那個？白狐狸……白狐狸化身成大輝了？」

小結難以置信地注視著同一個路隊的二年級學生。

「並不是化身成那個孩子，她找到了比化身更出色的方法。」

九尾婦人笑了笑，看著大輝說：

「白狐狸附身在人類的小孩子身上，然後躲藏在那個孩子的最深處，難怪我踏破鐵鞋也完全嗅不到任何動靜。白狐躲在這個孩子的最深處，消除自己的痕跡，這兩天來，都一直操控這個孩子的行動。

但是，躲貓貓遊戲結束了，妳必須回去山上。來吧，趕快出來，離開這個孩子的身體。」

九尾婦人注視著大輝，大輝也注視著九尾婦人。意外的發展讓小結和小匠快昏倒了，他們完全無法理解眼前突然發生的事，也無法相信九尾婦人說的話，只覺得是不好笑的玩笑話，或是編出來的故事。

這時，他們看到大輝臉上的表情突然發生了變化。

原本不知所措的大輝好像突然打開了開關，轉眼之間變成了怒火攻心的可怕表情。小結和小匠害怕地看著他。

「我們的事不用妳管！」

大輝語帶顫抖，低沉地吼叫一聲，然後一下子跳得很高。

小結屏住呼吸看著眼前的一切，這時才終於知道大輝說的「我們」是什麼意思，感到不寒而慄。

有另一個傢伙！大輝的體內還有另一個傢伙！大輝剛才說「我們」，就是指大輝和另一個傢伙的意思！

大輝跳起來後，衝出了五個九尾婦人的包圍。

「妳不要繼續像不聽話的孩子胡鬧了，妳沒辦法逃離這裡。因爲我已經用結界封鎖了這所學校。」

大輝在包圍圈外落地，九尾婦人本尊露出銳利的眼神注視著他。

「不要再負隅頑抗了，趕快離開這個孩子的身體，如果妳不出來，我就把妳拉出來。」

「我不要！」

大輝齜牙咧嘴地大叫著，九尾婦人本尊揮了一下長袍的袖子，握起手指，在胸前做出了結印的手勢。

「挪瑪可桑瑪達，巴扎拉丹仙達，瑪家洛夏達索瓦塔雅，烏他拉他看曼！

挪瑪可桑瑪達，巴扎拉丹仙達，瑪家洛夏達索瓦塔雅，烏他拉他看曼！」

九尾婦人對著大輝說：

「躲在那個幼童體內的白狐，請勿激動聽我說。自性空，本不生。汝勿再違逆本性，即刻離開幼童身體！」

大輝的身體再度跳了起來，這次跳得比剛才更高、更高。一躍而起的大輝離開了校舍，逃向操場的方向。

「呿。」九尾婦人輕輕咂著嘴。

「沒想到她竟然還不肯死心。」

九尾婦人咂嘴說道，也飛向空中追大輝，長袍的下襬飛了起來。

小結和小匠也急急忙忙從校舍旁跑到可以清楚看到操場情況的正面玄關。

九尾婦人站在花圃前，豎起右手的食指和中指放在額頭，嘴裡唸著咒語，然後把那兩根手指劃過天空，依次指向操場的四個角落。

「東、南、西、北！」

最後，她把左右手臂抱在胸前，又馬上鬆開，大叫一聲：

「散！」四個分身立刻飛向空中，飛向操場的四個角落。

「太帥了！」

小匠小聲嘀咕。

「來吧！這次我封住了操場的四個角落，如果妳不想自己離開，那就由我來把妳拉出來。」

九尾婦人飛了起來，追著大輝，飛向操場正中央。

10 白狐狸

大輝和九尾婦人站在寒風吹拂的操場正中央瞪著對方。仔細一看，發現九尾婦人的四個分身在黑暗中站在操場的四個角落。九尾婦人讓四個分身守住四個方位，封鎖了操場，避免大輝逃進校舍。

不一會兒，九尾婦人豎起兩根手指在空中比畫著，好像在畫叉叉，然後開始唸咒語。九尾婦人的聲音響徹夜晚空蕩蕩的操場。

「東方元氣木德詛咒來神！

南方元氣木德詛咒來神！

西方元氣木德詛咒來神！

北方元氣木德詛咒來神！

中央元氣木德詛咒來神！」

大輝步步後退，九尾婦人步步逼近，然後大聲唸著咒語。

「挪瑪可桑瑪達，巴扎拉丹仙達烏！

挪瑪可桑瑪達，巴扎拉丹仙達烏！」

這時，大輝用力彈跳起來，在操場地面上蹦跳著，好像在躲避九尾婦人的咒語，然後輕輕跳到了小結他們附近的懸吊雲梯上。

大輝在懸吊雲梯上把一隻手高舉過頭，他拔了一把頭髮後，對著頭髮吹了一口氣。頭髮飛向空中後——。

黑暗的操場上蹦出了好幾十個大輝的分身。

「啊！怎麼可能！大輝出現了！有好多大輝的分身！」

小匠興奮地叫了起來，小結也驚訝地看著許許多多個大輝的分身在操場上跳來跳去。有的分身跳到了籃球框上，有的分身跳下來後，又在沙坑中縱身一跳，最後又飛向空中。一下子抱著爬竿，一下子又從滑梯上滑到地面，然後又跳上半空。

小結回過神時，發現剛才站在懸吊雲梯上的大輝本尊也混入了分身之中，根本分不清哪一個是本尊，哪一個是分身了。

「唉！找不到了！」

九尾婦人心浮氣躁地叫了一聲，停止唸咒語。

大輝們加快速度在操場上蹦跳著，一下子從單槓上跳起來，一下子從鞦韆的支柱上跳下來，然後又很快跳去其他地方，有時候跳到小結和小匠附近，又一下子不見蹤影，簡直就像是人形爆米花在夜晚上的操場上彈跳。

大輝的分身跳了一會兒之後開始攻擊，撞向守在操場四個角落的九尾婦人分身。九尾婦人的分身被撞到之後，仍然堅守崗位，但大輝的其他分身持續展開攻擊。

九尾婦人看向飛來飛去的大輝分身，試圖找出本尊，但是看到大輝的分身展開攻擊，氣得火冒三丈。

「竟然想破壞結界逃走，別痴心妄想了！」

小結看向九尾婦人，發現九尾婦人從口袋裡拿出了很巨大的東西。她的口袋竟然放得下那麼大的東西。

九尾婦人拿出來的是一把心形的巨大扇子，那把大扇子差不多有兩張榻榻米那麼大。

九尾婦人在操場正中央拿起巨大的扇子，大聲吆喝道：

「風神招來！」

個子矮小的九尾婦人搖起了巨大的扇子。

呼呼！扇子一搖，就立刻起風了。扇子在操場正中央搧起的風打著轉，發出呼嘯聲吹動，操場上的沙子都飛到了小結和小匠站著的水泥地上。花圃的草叢左搖右晃，八角金盤樹叢也都沙沙地搖晃起來。

九尾婦人持續在操場正中央搧著扇子，她越用力搧，風就越大。

剛才在操場上蹦蹦跳跳的大輝分身開始被風吹走了，當大輝的分身從地面跳起來時，立刻被風帶走，吹到黑暗中，然後竟然消失了。這裡一個，那裡又有一個，大輝的分身一個又一個被風吹走，其中一個分身吹到小結和小匠面前，轉眼之間消失後，一根頭髮掉在他們腳下。

「從頭髮變出來的分身，遇到九尾婦人的扇子搧出來的風，又變回了頭髮……」

小結說，小匠也點了點頭。

「扇子搧出來的一定是魔法風。……太厲害了……」

呼呼、呼呼、呼呼……。

九尾婦人的扇子搧起的風，讓操場上吹起了狂風。鞦韆上沒有

人，卻被風吹得用力搖晃，發出嘰嘰的擠壓聲。樹葉已經掉光的櫻花樹樹枝也不停地搖曳，風吹起了沙子，周圍的景色變得有點模糊。

小結和小匠彎著身體，雙臂遮住臉，避免吹過來的沙子打到身上。他們從手臂的縫隙中，悄悄觀察周圍的情況。剛才那些大輝的分身幾乎都被大風吹走了，剛才抓著爬竿的分身、坐在滑梯上的分身，和在懸吊雲梯上的傢伙、在籃球架下的傢伙都不見了。

這時，風突然停了下來。

「找到了，原來妳就是本尊。」

小結和小匠聽到九尾婦人的聲音，猛然抬起頭。他們打量操場，發現最後一個大輝抓住了體能攀爬架。大輝得知自己被發現後，立刻爬上了攀爬架，最後竟然跳上了九尾婦人的雲。

「啊！雲飛起來了！」

小匠看到載著大輝的雲飛了起來，忍不住大叫。

「太厲害了！那傢伙竟然會駕駛雲。」

小匠說的沒錯，大輝輕輕鬆鬆地操控著雲。雲從攀爬架上飄起來後全速前進，試圖逃離操場。但是九尾婦人的結界很強，大輝似乎無法輕易離開操場。

九尾婦人看到白雲在操場上全速盤旋，大喝一聲：

「別白費力氣了！妳別想從這裡逃走！我勸妳乖乖下來投降！」

原本在操場的黑暗上空飛來飛去的雲突然急速下降，直直衝向站在操場上的九尾婦人。

快撞到了！就在千鈞一髮之際，九尾婦人搧動了扇子，把白雲吹走了。但是大輝並沒有放棄，即使被風吹走，仍然重新站穩，全速升上高空後，再度朝著九尾婦人急速下降。九尾婦人再度在緊要關頭把他吹走了。

小結和小匠提心吊膽地看著眼前這一幕。

在大輝不知道第幾次開始急速下降時，九尾婦人把大扇子丟在地上，雙臂緊緊抱在胸前，瞪著天空。

啊啊！快撞上了！

小結在心裡大叫，九尾婦人對著逼近的白雲高舉雙手，說了一句簡短的咒語。

「阿！雲！破！」

大輝腳下的白雲頓時像霧一樣散開消失了，大輝失去白雲後，從半空中掉了下來，但在掉落地面的同時翻了一個跟斗站了起來，然後縱身一跳，從九尾婦人面前逃走了。

大輝跳了兩下，來到小結和小匠站著的操場角落。站在水泥地上的小結和大輝四目相對時，忍不住向後退了一步。小結站的位置是九尾婦人分身守護的操場範圍外，但這麼近距離和大輝面對面，還是讓她感到不安。

眼前的大輝已經不是上學路隊的二年級男生，他的眼中燃燒著怒火，一動也不動地注視著小結。大輝隔著花圃瞪著小結，說了一句小結完全聽不懂的話。

「妳也是狐狸嗎？」

「啊？」

小結完全聽不懂大輝在說什麼。那句話不是日文，八成是中文。

小結不知所措，和小匠交換了眼神。大輝再次縱身一跳，跳到了爬竿的頂部。

「那傢伙剛才說的是中文。」

小匠小聲嘀咕，「明明前一刻還是說日文……爲什麼？」

小結隱約猜到了其中的原因。

「……可能是因爲白狐狸被九尾婦人從大輝的身體裡拉了出來。九尾婦人剛才不是說了嗎？白狐狸躲在大輝身體的最深處，操控了大輝的身體。因爲九尾婦人努力把白狐狸拉出來，所以白狐狸就無法繼續躲在大輝的身體深處了，我認爲白狐狸應該很快就會露出本性。」

但是，白狐狸仍然不願意離開大輝的身體，在操場上四處逃竄，遠離九尾婦人。

九尾婦人得知白狐狸仍然沒有放棄，似乎想到了下一個方法。她撿起剛才丟在地上的大扇子放進口袋，又拿出了另一樣東西。

九尾婦人從口袋裡拿出一根又細又長的木棒。不……不是木棒，那是一把弓，緥緊的弦在月光下閃著光。那把弓的長度竟然和九尾婦人的身高差不多。她的口袋裡到底放了多少東西？小結忍不住瞪大了眼睛。

「好厲害！簡直像在變魔術……」

小匠嘀咕道。

九尾婦人對著紫藤架上的大輝舉起弓，用力拉緊了弦線。奇怪的是，九尾婦人舉起了弓，但弓上並沒有箭。

她到底有什麼打算？小結這麼想時，九尾婦人鬆開了拉緊的弦線。

咻愣。

奇妙的聲音響徹冰冷的黑夜。

大輝跳下紫藤架，似乎想要逃離這個聲音。他跳了兩次，跳到了操場另一端的攀爬架上。

九尾婦人轉身面對那個方向，瞄準了攀爬架，拉緊弦線之後，猛然鬆開。

咻愣。

呼愣、呼愣愣。

大輝的身體在攀爬架上搖晃起來，簡

直就像音波傳遞過去，搖動了大輝的身體。

大輝再度跳了起來，試圖擺脫音波。他跳到了小結他們旁邊的懸吊雲梯上。

九尾婦人對著懸吊雲梯鳴響弦線。

咻愣、咻愣。

呯愣、呯愣。

呯愣愣、呯愣愣。

小結和小匠也被聲音吞噬，弦聲震撼了空氣，變成了震動波，進入他們的身體，有一種好像震撼頭腦深處，腹底深處也感受到一種癢癢的奇妙感覺。

咻愣、呯愣愣。

啵愣、呯愣愣。

大輝的身體在搖晃，蹲在懸吊雲梯上，雙手用力抓住了腳下的鐵棒，身體左右搖晃。起初搖晃的幅度很小，但明顯感受到搖晃幅度越來越大。

九尾婦人配合弦聲唸起了咒語。

「挪瑪可桑瑪達，巴扎拉丹仙達，瑪家洛夏達索瓦塔雅，烏他拉他看曼！

挪瑪可桑瑪達，巴扎拉丹仙達，瑪家洛夏達索瓦塔雅，烏他拉他看曼！」

弦在響，九尾婦人的咒語也聲聲迴盪。大輝的身體更加劇烈搖晃，速度也越來越快。

快掉下來了！

小結這麼想的時候，大輝自己從懸吊雲梯上跳了下來，但是這次落地後，無法再跳起來。

咻愣、咻愣愣。

啵愣、啵愣愣。

大輝雙手緊抓著懸吊雲梯的支柱，似乎避免自己被聲波彈出去。

「挪瑪可桑瑪達，巴扎拉丹仙達，瑪家洛夏達索瓦塔雅，烏他拉他看曼！」

大輝在搖晃，聲波讓大輝的身體劇烈搖晃。搖晃越來越強烈，越來越劇烈。越來越快，越來越快。大輝的身體就像是變成了節拍器。

咦？

小結慌忙揉了揉眼睛。因爲她發現大輝搖晃的身體好像變成了雙重。小結歪著頭納悶，小匠用力抓住了她的手臂。

「姊姊，姊姊。」

小匠用沙啞的聲音小聲說：

「有什麼東西跑出來了。妳看！有什麼白色的東西大輝的身體裡跑出來了！」

「啊啊！」

小結也終於發現了，忍不住叫了起來。

並不是大輝的身體變成了雙重，而是大輝的身體分離出白色像霧氣的東西。

九尾婦人在鳴弦的同時，大聲吆喝道：

「出來！白狐狸！離開幼童身體，露出本性！」

弦聲響起，撼動了夜晚緊張的空氣。

咻愣、咻愣愣愣。

愣愣愣愣、咻愣愣。

這時，大輝靜止不動了。他緊緊抓住懸吊雲梯的支柱，僵在那裡一動也不動。既像是霧，又像是煙的白色東西從他後背緩緩冒了出來。

小結想起了曾經在夏日傍晚，在公寓後院看到蟬羽化的瞬間。幼蟲的殼從背部裂開，露出白色的成蟲。此刻，白色的東西也從大輝的背後冒了出來，即將出現在小結他們眼前。

模糊的輪廓漸漸有了具體的形狀，然後突然變得很明確。一隻雪白的狐狸終於出現，站在蹲在地上的大輝背上。

弦聲停了下來，咒語的聲音也消失了。整個操場被像冰一樣的寂靜籠罩。

小結忍不住出神地注視著出現在大輝背上的白色狐狸。

太美了……

那是一隻身材瘦小的狐狸，身形婀娜多姿，一身白毛在夜色中閃閃發亮，牠的耳朵豎了起來，豐滿的尾巴也翹得很高。一雙藍色的眼睛像寶石，反射了黑暗中的微光。小結發現這隻雪白的狐狸背上有一撮金色的毛，好像鬃毛般閃亮。

小結和小匠都看著白狐狸出了神，白狐狸突然踢向大輝的後背跳

10 白狐狸

了起來。小結和小匠甚至來不及發出叫聲，只能驚訝地看著白狐狸，就像一道白色的箭，飛向操場角落。

白狐狸離開後，大輝無力地蹲在懸吊雲梯的支柱下，然後倒在地上。小結和小匠慌忙想要跑去大輝身旁時，看到竄到操場角落的白狐狸開始攻擊守在角落的九尾婦人分身。

白狐狸咬住分身的身體，好像丟球一樣，把分身拋向天空。穿著黑色長袍的分身在空中轉了一圈，就消失不見了。八成是變回了紙人偶。只有在黑暗中，看到白色的東西飄走。分別守住四個角落的分身少了一個，原本把白狐狸困在操場內的封鎖也遭到了破壞。白狐狸輕鬆地跳過花圃，在校舍前的水泥地上落地，接著又縱身一跳，跳到校舍二樓的陽台上消失不見了。

「竟然逃去校舍了！別想逃！絕對別想逃出我的手掌心！」

九尾婦人大叫一聲，對著白狐逃走的陽台，用力拉開了弓。

這時，發生了神奇的事。當九尾婦人鬆開弦線時，前一刻拉著弦線的九尾婦人變成了一支黑色的箭。變成一支箭的九尾婦人在弦線彈回時，順勢筆直地飛向了白狐消失的二樓陽台。

啪答。直立的弓倒在地上，發出了巨大的聲響。

小結和小匠呆若木雞地看著白狐狸和變成黑色的箭飛空落地的陽台。

「……好厲害！」

不一會兒，小匠吐著白色的氣，又說了這句今天不知道已經說了幾次的話。

小結猛然回過神，在懸吊雲梯下的大輝身旁蹲了下來。大輝在冰冷的地上躺成了大字，睡得很熟。

「……怎麼辦……？他睡在這裡會感冒……」

小匠也在小結身旁彎下身體，探頭看著大輝。

「……但是，現在不要叫醒他比較好吧？否則要怎麼向他解釋？不知道大輝記不記得剛才的事？妳覺得他知道白狐狸附身在他身上嗎？」

「不知道。」

小結回答時，發現有什麼東西掉在倒地的大輝身旁。

「咦？這是什麼？」

那個東西圓圓的，看起來像光滑的石頭，比拳頭稍微大一點。小結正在猶豫該不該撿起來，小匠搶先伸手撿了起來。

「這是什麼？看起來很像貝殼。」

小結和小匠把頭湊在一起，在蒼白的月光下觀察著撿起來的東西。

「真的是貝殼，是蛤蜊嗎？」

小結拿起小匠手上的貝　翻過來觀察，兩片貝殼剛好可以合在一起，富有光澤的表面都有褐色的八字圖案。

「好大啊，還活著嗎？爲什麼會掉在操場上？」

小匠用食指指尖輕輕敲著貝殼，然後歪著頭。

「是不是大輝的？」

小結低頭看著睡在地上的大輝，大貝　剛好掉在大輝外套口袋旁，是不是從他口袋裡掉出來的？

「大輝爲什麼把貝殼帶在身上？是不是他們家晚餐吃貝殼？」

小結忍不住對小匠的糊塗嘆著氣。

「爲什麼要把晚餐吃的菜放進口袋？怎麼可能有這種事？你太缺乏推理能力了。」

「那妳知道爲什麼嗎？」

小匠噘著嘴反駁時，小結聽到了動靜。

「噓！」

小匠把沒說完的話吞了下去，在黑暗中抬頭看著小結的臉，不知道發生了什麼事。小結正想豎起順風耳，但對面傳來的聲音傳入了姊弟耳中。小匠也聽到了。

花圃角落的八角金盤樹叢中傳來了低吼聲。小結立刻察覺到是誰發出了低吼聲，忍不住驚慌起來。樹叢中的怒氣和殺機讓她渾身起了雞皮疙瘩。是白狐狸！白狐狸在那裡！

為什麼？白狐狸為什麼會在這裡？

小結無法發出聲音，在內心尖叫起來。原本以爲白狐狸逃進了校舍，沒想到竟然躲在花圃中。難道白狐狸虛晃一招，假裝逃走，欺騙九尾婦人，然後躲進了樹叢嗎？

八角金盤的樹業搖晃了一下，發出了沙沙的聲響，白狐狸走了出來。牠站在花圃邊緣，看著他們姊弟兩人。

「白……白狐狸……！」

小匠嚇得忍不住叫了起來，白狐狸叫了一聲，似乎在回應。牠的叫聲好像在喉嚨打轉，聽起來很有威力，也很可怕。

站在花圃邊緣的狐狸和正在懸吊雲梯下方的小結他們只有幾公尺的距離，他們看到白狐狸皺起眉頭，露出了獠牙，背上的毛都豎了起來，豐滿的尾巴毛也都豎了起來。

小結指尖發冷，兩隻腳也幾乎快發抖了。白狐狸只要縱身一跳，就可以跳過來，然後可以用獠牙咬住小結和小匠的身體。但是——

白狐狸爲什麼出現在他們面前？牠好不容易騙過了九尾婦人，躲進樹叢，爲什麼主動出現在小結和小匠面前？而且爲什麼這麼生氣？

……**啊**……。**貝殼**？**會不會是因為貝殼的關係**？

小結看了一眼小匠手上的貝殼，白狐狸又低吼了一聲。

小結輕聲細語地對白狐狸說話，努力讓白狐狸平靜。

「請問……這個貝殼是你的嗎？」

「姊姊，牠聽不懂日文，要用中文和牠說話。」

小匠小聲地吐槽小結，小結忍不住生氣地說：

「我知道啊。雖然我知道，但是你會說中文嗎？」

沒想到小匠突然說起了中文。

「你好！」

白狐狸立刻豎起了耳朵，藍色的眼睛看著小匠。

「看吧！」

小匠得意起來，決定把自己會的中文全都說出來。

「一、二、三、四。一份炒飯！」

白狐狸低吼一聲，牠顯然生氣了。

「喂！你幹嘛點一份炒飯啊！」

小結小聲責備小匠，小匠也小聲反駁說：

「有什麼辦法？因爲我只會這句中文啊。」

姊弟兩人正在爭執，白狐狸又發出了低吼聲，聲音又低又長，聽了讓人發毛。白狐狸把重心移到了前腳，正打算撲過來。

小結看了一下腳下的大輝。

怎麼辦……？

小結無法丟下躺在地上的大輝逃走，但她腦筋一片空白，不知道該怎麼辦。

噗通、噗通、噗通、噗通、噗通！她只聽到自己心跳的聲音。

九尾婦人！趕快回來！

小結在心裡拼命大叫時，操場中央突然傳來一個聲音。

「莎莎！」

白狐狸猛然抬起頭，小結和小匠也驚訝地轉頭看向後方。

一個矮小的阿姨站在掉在地上的弓旁。並不是九尾婦人，是一個看起來很親切的圓臉阿姨，穿了一件素色裙子和薄質開襟衫，站在操場中央，一臉擔心地看著白狐狸。

「莎莎！」

阿姨又對著白狐狸叫了一聲。

小結和小匠不知道發生了什麼事，只能看著白狐狸和那個阿姨。

「妳不是莎莎嗎？」

阿姨說的話聽起來像中文。白狐狸聽到之後，不知道說了什麼。

白狐狸發出的不是吼叫聲，而是在說話，似乎在回答阿姨。

「媽媽，是我！」

下一剎那，立刻發生了難以置信的事！白狐狸回答之後，身體就像是被一股強大的力量拉扯，飛向阿姨的方向。阿姨立刻拿出什麼東西，對準了飛向她的白狐狸。

那是一個很大的紅色花瓶？不，不對，是一個巨大的紅色葫蘆。

白狐狸被巨大的力量吸引，直直地飛向葫蘆，然後被吸入葫蘆中消失不見了。

「眞是夠了，耗費了我這麼大的工夫。」

手拿葫蘆的阿姨用日文說道，小結和小匠對這個聲音很熟悉。

穿著開襟衫的阿姨一隻手摸了一下臉，就立刻開始變身。開襟衫和裙子變成了胭脂色的長袍，原本圓圓的臉，也變成了白髮老婆婆。

「九尾婦人！」

小結和小匠同時叫了起來，跑到操場中央。

「這是怎麼回事？妳剛才不是飛去校舍追白狐狸了嗎？」

小匠問，九尾婦人抱著紅葫蘆笑了笑說：

「我只是用和白狐狸同樣的招數。白狐狸假裝逃去校舍，躲在花圃中。我也假裝追去校舍，但其實留在這裡，然後冒充是白狐狸的媽媽，叫了白狐狸的名字。因爲我猜想這麼一來，白狐狸一定會回答。這個紅葫蘆是中國古代流傳下來的魔法葫蘆，只要叫對方名字，對方回應，就會被吸進去。這下終於可以把逃亡者帶回山上了。」

「太厲害！」

小匠又重複了這句早就聽膩的話，九尾婦人注視著他，又笑了笑說：「可別小看我，你以爲我是誰啊？我可是九尾狐狸的後裔！」

11 老人星

「回家吧。」九尾婦人說，小結擔心地問：

「大輝該怎麼辦？」

九尾婦人似乎終於想起這件事，低頭看在地上呼呼大睡的大輝。

「對喔，必須把這個孩子帶回家……。而且現在也沒白雲了。」

九尾婦人無奈地嘆了一口氣，把仍然站在操場上的三個分身叫了過來。

「妳們過來這裡。」

九尾婦人在說話時，把地面上的弓放回了口袋，走到小結他們所站的懸吊雲梯旁。三個分身也跟在九尾婦人身後走了過來。

「妳把這個孩子背回家。」

九尾婦人對來到懸吊雲梯下的其中一個分身說，那個分身又對身旁的分身說了同樣的話。

「妳把這個孩子背回家。」

那個分身聽了，又對第三個分身說了同樣的話，那個分身對九尾婦人本尊說：

「妳把這個孩子背回家。」

九尾婦人注視著三個分身，把手放進口袋，壓低聲音說：

「小心我從口袋裡拿剪刀出來，馬上把妳們剪得粉碎。如果不想遭到這種對待，就趕快把這孩子背回家。」

三個分身尖叫起來，然後把頭湊在一起，小聲討論起來。她們似乎在討論由誰把大輝背回家。

「大輝知道自己被白狐狸操控嗎？他會記得今天晚上的事嗎？」

小結問了最擔心的事。

「別擔心，」九尾婦人向她掛保證，「他不會記得白狐狸附身在他身上期間所發生的事，所以他會失去兩天的記憶，這一陣子可能會感到不對勁，但他年紀還小，很快就會忘記這段空白。」

「請問……」

小匠插嘴問，「這是什麼？我猜是白狐狸的東西……」

小匠遞出那個大貝殼問。九尾婦人瞥了一眼小匠手上的貝殼，伸手拿了起來。她不感興趣地打量小匠撿到的失物後說：

「這是蛤貝，是一種蛤蜊，日本沒有這種貝殼，顯然是白狐狸掉的，但是，爲什麼會帶這種東西……」

「是不是重要的東西？」

小匠再度問道，九尾婦人很乾脆地搖了搖頭說：

「不是。雖然蜃貝是珍奇的貝殼，但這是出生後只有一、兩年的小蜃貝，在中國仙人的世界，這種尺寸的蜃貝很容易得手。有些蜃貝的壽命超過一百年，活了一百年的蜃貝差不多像十個人坐的圓桌那麼大，張開吐『氣』時，就可以讓人看到幻影。你們應該也聽過，『海市蜃樓』就是這種貝殼吐出的氣形成的。」

小結和小匠聽了九尾婦人的說明，再次仔細打量貝殼。

九尾婦人繼續對滿臉驚訝的姊弟說：

「但是這個貝殼太小，無法製造海市蜃樓。仙人會把小蜃貝當作相機使用。雖然小蜃貝無法自己創造海市蜃樓，但可以把風景吸入體內，之後再吐出來。這種尺寸的蜃貝，隨身攜帶也很方便，所以仙人就會用這種貝殼拍下風景加以保存，就好像你們的數位相機。白狐狸逃來日本時，可能想順便拍紀念照，還眞是悠哉啊……」

「那隻狐狸爲什麼要從山上逃走？」

小匠突然問道。

九尾婦人瞥了小匠一眼。

「你不必在意這種事，反正已經抓到了，一切圓滿，一切圓滿。」

三個分身討論結束，其中一人把大輝背了起來。大輝在九尾婦人分身的背上呼呼大睡。

九尾婦人把蛋貝放進口袋，邁開步伐準備回家，小匠小聲地問：

「我們回家吧。」

「白狐狸眞的是壞蛋嗎？」

九尾婦人停下腳步。小結驚訝地看著弟弟的臉，小匠目不轉睛地看著九尾婦人手上的紅葫蘆。九尾婦人問他：

「什麼意思？」

「我原本以爲白狐狸做了什麼壞事，所以才會遭到追捕，但現在覺得……可能並不是這樣。」

九尾婦人瞇起眼睛，眼神變得很銳利。小結提心吊膽地看了看弟弟，又看向九尾婦人。小匠不敢正視九尾婦人，目不轉睛地盯著紅葫蘆，繼續小聲說：

「因爲……我看到了。」

小結的心臟用力跳了一下。因爲她清楚知道小匠說的「看到」這句話的意思。小匠從狐狸家族繼承了「時光眼」的能力，一定看到了白狐狸的過去或是未來的事。

並不是只有小結領悟小匠那句話的意思。

「……時光眼……」九尾婦人喃喃說道。

「是不是？你是不是有時光眼？」

九尾婦人的聲音很平靜，小匠沒有回答她的問題，仍然注視著紅葫蘆。

「你看到了什麼？」

九尾婦人看著小匠的眼睛，溫柔地小聲問道。小匠輕輕吸了一口氣，收回了看著葫蘆的視線，抬頭看著九尾婦人。兩個人四目相對。

「你告訴我，你看到了什麼？」

九尾婦人的聲音很平靜，嘴角露出了微笑，但是看著小匠的雙眼並沒有笑。

「趕快回答我，你的時光眼看到了什麼？」

小匠再次用力吸了一口氣，似乎下定了決心。他露出有點生氣的眼神看著九尾婦人，一口氣說道：

「大家都向白狐狸磕頭，那隻白色小狐狸獨自在巨大的高台上，其他狐狸都對著牠磕頭。那些狐狸都低著頭，趴在地上，甩著尾巴。兩隻白色狐狸叼來一件紅色的不知道是斗篷還是長袍的東西，蓋在高台上的白狐狸身上……。

白色小狐狸被長袍蓋住，看不到牠的身影，但是下一刻站了起來，變成了身穿紅色長袍的公主。」

「公主？」

小結忍不住問。因爲她太意外了。小匠瞪了小結一眼，好像在辯解似地說：

「因爲看起來眞的就像公主，而且頭上還戴著頭冠，其他白狐狸看到之後，都一片歡呼……。

我只看到這些……。雖然只看到這些，但在高台上的絕對就是那隻狐狸。因爲那隻狐狸背上也有金色的毛。

如果那傢伙是壞蛋，大家爲什麼要向牠磕頭？這太奇怪了。所以……所以我覺得那傢伙其實眞的是壞蛋嗎？眞的是必須被抓起來的壞蛋嗎？」

不知道九尾婦人會怎麼回答。小結提心吊膽地等待九尾婦人的回答。雖然小匠說的話前言不搭後語，令人難以置信，但小結也知道其中必有問題。那隻婀娜多姿的漂亮小狐狸看起來還是小孩子，看起來不像犯下了什麼滔天大罪。

九尾婦人聽了小匠說的話，用力咬著嘴唇，陷入了沉默。不一會兒，她揚起嘴角笑了起來。

小結和小匠都驚訝地看著笑個不停的九尾婦人。

「唉，真是被你們打敗了。」

九尾婦人終於停止發笑，心情愉悅地說：

「原來你們兩姊弟都繼承了狐狸族的能力，該不會連最小的妹妹也有什麼特別的才能？好吧，既然你已經用時光眼看到了，那也沒辦法，我也只能實話實說了。」

聽到「實話實說」這幾個字，小結和小匠互看了一眼。九尾婦人摸了一下紅葫蘆，娓娓說了起來。

「對，沒錯，葫蘆裡的並不是壞狐狸，我從來沒有說過逃亡者是壞蛋這種話吧？葫蘆裡裝的是即將繼承白狐族王位的狐狸，是即將成爲白狐族女王的狐狸。」

「女……女王？……所以現在是公主？」

小結想起了小匠剛才說的話嘀咕道。那個年輕貌美的狐狸原來是白狐族的公主？既然這樣，公主爲什麼逃到小結他們生活的地方？九尾婦人爲什麼要把白狐族的公主抓回去？九尾婦人繼續說道：

「白族族的女王會投胎轉世，無論死多少次，都會很快投胎，變成其他狐狸來到這個世界。但是女王投胎轉世變成哪一隻狐狸，必須等到狐狸十歲的時候才知道。到了十歲的時候，女王投胎轉世的狐狸身上就會出現女生的印記。女王投胎轉世的狐狸背上有稱爲『寶毛』的印記，背上有一部分毛會從白色變成金色，閃閃發亮。只要出現寶毛的印記，就可以證明是女王投胎轉世。

女王投胎轉世的狐狸稱爲『東方的姬王』，一旦出現寶毛，就必須立刻進宮。當狐狸的父母報告自己的孩子出現了寶毛的印記後，就會有專人上門，把姬王悄悄帶進宮中。姬王進宮之後，在不爲人知的情況下進入東宮內生活，等到下一個滿月的日子，成爲新的女王。之後就必須以白狐族女王的身分生活，離開出生、長大的家，也必須離開父母。

這是白狐族世界幾千年來的成規，以東姬王的身分出生的狐狸，就必須成爲白狐族的女王，這是誰都無法改變的事。

如果姬王討厭這個成規逃走，白狐族就會失去女王，陷入混亂，導致滅亡，所以姬王從白狐族山上逃走是不能讓任何人知道的祕密。

明天……不，已經是今天晚上了。今天晚上就是滿月的夜晚。」

九尾婦人抬頭看向西方的天空說。十四夜的月亮已經漸漸沉入城市的西方。

「天一亮，慶祝女王登基的典禮就開始了，我受到白狐族大臣的請託，要在天亮之前把姬王帶回山上。因爲一旦白狐族知道姬王逃亡，就會天下大亂，所以大臣才特地託付給並非白狐族的我來處理這件事，所幸我能夠在時限之前完成使命。」

九尾婦人說完，看著小匠笑了笑說：

「你的時光眼看到的未來，是最大的好消息。這代表今天會順利舉行『女王登基大典』。今天，葫蘆裡的逃亡者會變成女王。」

九尾婦人再度撫摸著紅葫蘆說道。

小匠聽了九尾婦人的這番話，一臉嚴肅地問：

「……所以，這隻狐狸以後再也見不到爸爸、媽媽了嗎？」

「當然啊，因爲以後就會變成女王，在宮廷內生活。」

小匠又繼續追問：

「所以才會逃走嗎？因爲不想成爲女王，所以才逃走嗎？」

「八成是這樣。」

小結聽了九尾婦人的回答，內心深處感到有點不太對勁。

真的是這樣嗎？這隻小狐狸真的不想成為女王，真的不想和父母分開，所以才逃走嗎？

不，並不是這樣。……但是，自己爲什麼覺得不是這樣？

自己忘記了一件事，忘了某件重要的事。

「啊！」

小結突然想起一件事。沒錯，今天晚上在學校遇到大輝時，小結曾經問他在幹什麼，當時大輝回答了她。

「老人星！」

小結想起來了，忍不住大叫。

「啊？」

九尾婦人歪著頭，看著小結。

小結不顧一切地說了起來。

「大輝告訴我：『我們在找老人星。』雖然當時我以爲是大輝本人這麼說，但其實應該是白狐狸在說話。因爲大輝被白狐狸操控了，果眞如此的話，就代表白狐狸是在這裡找老人星。」

「等等等、等一下。」

小匠打斷了小結，插嘴說：

「姊姊，老人星不是星星的名字嗎？白狐狸公主爲什麼特地跑來日本看星星，而且是在這輩子最重要的時刻……在中國也可以看到星星吧？那只是大輝在辯解而已。」

「你沒有聽懂！我是說，大輝當時根本不可能辯解，因為他當時完全被白狐狸控制了。」小結很不耐煩地說：「你應該也記得，大輝當時說，他們昨天晚上，和之前的晚上都在找老人星，但一直沒有發現，而且還一臉難過地說，很快就必須回去了。

那並不是大輝說的話，而是附身在大輝身上的白狐狸說的，這不就代表是白狐狸在找老人星嗎？

白狐狸很清楚，自己很快就必須回去白狐狸山，所以我認為白狐狸來這裡並不是為了逃走，而是有其他目的。

更何況如果白狐狸不希望從此見不到爸爸、媽媽，會逃來日本嗎？逃來這裡的話，不是更加見不到爸爸和媽媽了嗎？而且白狐狸應該很清楚，一旦逃走，不是會給爸爸、媽媽帶來很大的麻煩嗎？如果是我，絕對不會逃走，不，即使想逃，也無法這麼做。」

小匠嘟著嘴，似乎完全無法理解。

「如果白狐狸不是爲了逃走，而是有其他目的來日本，到底是爲了什麼目的？難道是來觀星嗎？」

小匠這麼一問，小結無言以對。剛才想起這件事時，以爲自己找到了答案，但是小匠說的沒錯，小結也認爲白狐狸不可能在這麼重要的時刻，特地逃離白狐狸的山上，跑來日本觀星，所以如果問白狐狸這麼做有什麼目的，她也答不上來。

小結陷入了沉默，站在她身旁的九尾婦人開了口。

「也許是這樣。」

小結和小匠聽了九尾婦人這句話，都驚訝地看著她。九尾婦人不知道什麼時候把剛才的蜃貝拿了出來，仔細打量著。

小匠看了看蜃貝，又看著九尾婦人的臉問：

「妳說也許是這樣，是指白狐狸來這裡的目的是觀星嗎？」

九尾婦人抬起頭，看著小結和小匠說：

「老人星就是『南極星』。白狐狸的山位在中國北方，所以看不到南極星。中國南方應該可以看到老人星，但姬王可能想到如果自己逃下山，去中國南方看星星，很快就會被發現，然後就會被帶回宮裡，所以才決定來到日本這裡來看老人星，牠以為這裡可以看到老人星……。

也許是你們的舅舅這麼告訴牠，也許曾經向姬王掛保證，這個城市可以看到老人星。」

「為什麼？姬王為什麼想看南極星？」

小匠問。九尾婦人繼續說：

「因為老人星也稱為幸福星。那是在南方天亮閃閃發亮的紅色星星，我剛才也說了，也稱為南極星，『南極老人』被認為是老人星的化身，所以也稱為『壽老人』，據說具備了賜予人類長壽的力量，所以有人說，看到老人星的人可以幸福長壽。

我猜想姬王想要找到在山上看不到的老人星，然後讓蜃貝吸入老人星的風景，送給自己的父母。如此一來，即使姬王不在身邊，牠的父母也能夠幸福長壽。

姬王可能以爲只要有了校區地圖和青龍包，來到這裡之後，馬上可以看到老人星。但是，要看到老人星沒這麼容易，因爲老人星在南方的低空短暫出現後就會消失，除非具備了理想的條件，否則不可能看到。正因爲無法輕易看到，所以才會被稱爲幸福星。沒想到昨天和前天的天氣都不好，所以姬王沒有看到老人星，於是打算在今晚時限之前孤注一擲。

我原本很納悶，姬工爲什麼回到小學屋頂的起點，原來並不是跟著我們的白雲來到這裡，而是在屋頂上找星星。姬王在那裡的目的，是因爲希望看到老人星之後，就可以從出口的洞馬上回到白狐狸的山上。這麼一想，就覺得所有的事都有了合理的解釋。」

「所以，白狐狸最後還是沒有看到老人星……」

小結覺得白狐狸公主很可憐，小聲地說。九尾婦人站在操場角落，抬著頭，原地轉了一圈。

「在市區應該看不到，必須是南方有開闊海面的地方才能看到。這裡被山和大樓房子擋住了，即使在屋頂上也看不到。」

「既然這樣，可不可以讓公主回去前，看一眼老人星？」小匠問，「可以坐在雲上，飛到海上，看一眼老人星後再帶公主回家。」

九尾婦人聳了聳肩說：

「現在沒有白雲了，又不是計程車，可以隨叫隨到。而且既然封進了紅葫蘆，在回到山上，打開封印之前，白狐狸都無法出來。」

「那至少留下照片！」

小結在一旁鼓起勇氣說：

「只要有這個蜃貝，不是可以拍下老人星的照片嗎？能不能爲公主拍下照片，作爲來這裡的紀念？」

「不行。」

九尾婦人語氣堅定地拒絕後，邁開步伐。小結和小匠只好跟在走向正門的九尾婦人身後，背著大輝的分身也跟了上來。

「我剛才不是說了嗎？在市區沒辦法看到老人星，只有在看得到大海的地方才能看到，現在根本沒有時間去那種地方。」

九尾婦人站在正門前，從口袋裡拿出折起的校區地圖，把原本縫在操場周圍的紅線一拉，門就靜靜地打開了。

當所有人都走出來後，門又靜靜地關上，夜晚的學校在黎明前的黑暗中陷入了沉睡。

「啊，對了！」這時，最後一個走出校門的小匠停下腳步叫了起來，「我想到一個可以看到大海的地方！」

12 後山

小結還來不及問：「是哪裡？」小匠就興致勃勃地說了起來：

「就是公寓的後山！山頂上的廣場入口不是有一棵很大的松樹嗎？站在樹下看向南方，遠方不就是大海嗎？天氣好的時候，不是可以看到大海在遠方閃閃發亮嗎？那裡應該可以看到老人星吧？」

「啊啊！」小結也興奮地接著說：「對啊！那裡可以看到大海！而且之前和小萌一起去的時候，只要三十分鐘就可以走到山頂，只要我們快速衝上去，拍完照片後下來，一定用不了一個小時。

晚一個小時應該沒問題吧？可以趕在天亮之前回去吧？」

九尾婦人停下腳步思考著，小結和小匠緊張地看著她。

「好吧。」

九尾婦人終於點了頭，再次從口袋裡拿出蜃貝遞給他們。

「那你們去吧，我先回家，在家裡等你們。」

小結和小匠驚訝地互看了一眼。

「呃，妳是說，我們兩個人自己去後山的山頂嗎？」

小結戰戰兢兢地問，九尾婦人瞪著她回答：

「當然啊，難道妳以為我會和你們一起費力地爬到山頂嗎？我敬謝不敏。更何況即使去了山頂，也不一定能夠看到老人星。如果運氣夠好，南方的天空沒有雲，城市的燈光沒有蓋過老人星的亮光，現在這個時間或許可以看到，但也可能白跑一趟。如果你們覺得這樣也無所謂，那就請便吧。我會利用這段時間悄悄把這個睡熟的孩子送回家，然後回你們家收拾收拾，爲出發做準備。

嗯，我最晚一個小時後就要出發，不能等更久了。如果你們沒有準時回來，我就會回到山上。如果無法在天亮同時舉行的典禮之前趕回去，可就是賠了夫人又折兵，所以你們不要怪我。」

「一個小時……？」

小匠嘀咕著，和小結互看了一眼。時間太緊迫了，一路跑過去，再衝到山頂，然後再衝下來……。即使這樣，也無法保證來得及。

但是，小結下定了決心，把手伸到九尾婦人面前說：

「好，請妳教我們怎麼使用蜃貝，要怎麼拍照？」

「蜃貝和相機不同，使用時需要一點訣竅。」

九尾婦人把蜃貝遞到小結面前，開始向他們說明。

「用兩隻手捧在手上，溫柔撫摸的同時拜託蜃貝。『請吸入南方天空中閃閃發亮的老人星，和回憶一起保留下來。』重要的是不能惹蜃貝生氣，如果動作太粗魯，或是拜託時沒有禮貌，就無法拍下理想的照片。你們要記住……。蜃貝接受你們的拜託，就會自動打開，把老人星的風景吸進去。」

九尾婦人把蜃貝交到小結手上時說：「祝你們成功。」

「呃，我還有兩、三個要求……」小匠說道，「如果方便的話，可不可以……給我們兩個手電筒……還有，這眞的不強求，如果可以順便從妳的口袋裡拿出二十一點五公分，和二十二公分的球鞋，我們會超高興……。

因爲山上很暗，我們原本以爲只是坐在雲上，所以沒有穿球鞋出門……」

小結有時候很佩服小匠的這種個性。不知道該說他很精明，還是會算計，那是小結絕對學不來的才能。

「眞是麻煩的孩子……。算了，今天晚上你們幫了我的忙，就當作是酬謝吧。」

九尾婦人雖然嘀嘀咕咕，但還是從口袋裡拿出了小匠想要的東西。

「OK！太感謝了！」小匠大叫一聲，換上了球鞋，把鬆軟的室內鞋交給其中一個分身說：

「請幫我帶回家裡。」

小結也跟著小匠，戰戰兢兢地把自己的室內鞋交給了另一個分身。

「呃，這雙也麻煩一下。」

姊弟兩人換好了鞋子，拿著手電筒，在夜晚的街道上跑了起來。蜃貝放在小結外套口袋裡。

整個城市一片寂靜，陷入很深很深的沉睡中。家家戶戶窗戶的燈光全都暗了，冰冷的柏油路上，只聽到小結和小匠的腳步聲。

他們穿越街道，跑過商店街，經過平交道，來到了國道，斑馬線的號誌燈也已經停止運轉，只有黃燈閃爍。路上完全沒有車子。

他們迅速向左右確認後，穿越了國道。他們從社區入口，衝上公寓門口的上坡道，過了家門而不入。他們來到後山入口時，原本發冷的身體開始冒汗。

他們從學校一路跑到這裡，接下來還要沿著漆黑的山路上山。黎明前的天空很暗，樹木鬱鬱蒼蒼的山上比夜空更暗、更黑。

小結和小匠在後山入口稍微調整呼吸，打開了手電筒，讓想要退縮的心振作起來。

「走吧。」

小結把手電筒的光照向黑暗深處，踏出了一步。

對小結和小匠來說，通往山上的那條路是他們熟悉的散步道，天氣好的週末，全家人曾經一起來爬山。每次上山，這座山都很歡迎他們，讓他們見識到許多有趣的事物。有時候會看到奇特的蕈菇從落葉中探出腦袋，還有像忍者般的蝴蝶，用和枯葉一模一樣的翅膀為自己隱身；有時候可以看到野兔的足跡，還有在灌木叢中發現看起來像是祕密基地的鳥巢；曾經看到樹上結了甜甜的黑莓，也曾經發現酸酸的木半夏果實。

但是，此刻的山把所有的一切都藏入了黑暗中，不發一語地看著他們，好像在說，這裡不是你們現在該來的地方。

只要一路跑上去，轉眼之間就可以到山頂……他們原本這麼以為，但事情沒有想像的那麼簡單。因為黑暗中很危險，無法跑得太快。山路上有很多石頭，凹凸不平，比想像中更危險，跑到半山腰時，側腹就痛了起來。心臟噗通噗通地跳，喉嚨發出咻咻的聲音，呼吸也變得急促起來。

不行了……。這比跑馬拉松更累。

小結偷偷在內心說洩氣話，不想被小匠發現。

雖然上山只有一條路，不可能迷路，但小結他們仍然不時用手電筒的燈光確認有沒有走偏，有沒有走錯方向。

他們靠著手電筒微弱的光圈找到了路旁的記號，上氣不接下氣，仍然一個勁地跑向山頂。

他們跑過那棵熟悉的松樹下方，穿越半山腰的小廣場，確認了「距離山頂五十公尺」的牌子後，終於即將抵達終點。夜空出現在最後的上坡道後方。

小匠突然衝刺起來，他似乎想要比小結搶先一步抵達山頂。小結已經無力追上去，她忍著內心的懊惱，在心裡罵弟弟「幼稚鬼！」

當小結終於上氣不接下氣地來到松樹下方時，第一名的小匠對她露出了從容的笑容。

「妳好慢！」

「你少囉嗦！」小結對弟弟說話的同時，用力吐出白氣，然後按著微微發痛的側腹，打量四周。

「可以看到嗎？南方……是在哪裡……？那裡嗎？……是不是那裡？」

小結和小匠定睛看著黑暗深處的城市，城市中還有零零星星的燈光。沿著道路延伸的路燈燈光，還有房子和大樓之間稀疏的窗戶燈光。在城市遠方可以看到地平線，但天空和大海的界線躲進黑暗中，看不清楚。

黑暗的天空中有許多星星在閃爍，這些星星中有老人星嗎？

冷風吹過山頂，小結和小匠在迎面吹來的風中睜大眼睛，拼命尋找在南方低空中的老人星。

「看不到……是紅色的星星吧？」小匠問：「九尾婦人說，在南方低空中短暫出現就會消失，是不是已經消失了……？」

小結也注視著南方的夜空，嘆了一口氣。

「……也可能被雲遮住了……。雖然高空很晴朗，但靠近海面的地方經常會有雲……」

如果不趕快下山，就無法趕在九尾婦人出發前回到家。好不容易上了山，結果還是白跑一趟嗎？想到這裡，就覺得很難過。

「既然來了，還是拍一下？」

小匠仍然注視著南方天空說道。小結輕輕從口袋裡拿出蜃貝，雙手捧著微微發亮的貝殼，緊盯著漆黑的南方天空，但並沒有在南方天空中看到老人星。

「好啊。」

小結也無法放棄，點頭同意小匠的提議。

「雖然可能什麼都拍不到，但還是來拜託蜃貝吧。」

小結緩緩撫摸著冰涼涼的貝殼表面，專心看向南方天空，小聲呢喃，拜託蜃貝。

「蜃貝啊蜃貝，請你把南方天空老人星的景象吸入身體，讓白狐狸公主能夠在和父母離別時，送給父母當禮物，讓白狐狸公主的父母可以看到老人星，讓白狐狸公主能夠把老人星的光芒送給父母，祈願父母幸福長壽。請你可以連同回憶，把老人星的樣子封存在你的身體裡。」

一旁的小匠也合起雙手，最後補充了一句話。

「拜託拜託，拜託你了。」

啪……蜃貝打開了。

「啊……！打開了。」

小匠聽到小結的叫聲，探頭看向蜃貝。就在這時。

夜晚的黑暗遠方，突然出現了明亮的光芒。姊弟兩人驚訝地抬起頭，小結還以為天亮了。城市遠方的天空被一片好像朝霞般紅色的光芒染紅，但並不是出現在東方，而是南方的天空。地平線在紅色光芒的照射下發光。

這時，有什麼東西拖著細細的尾巴，從地平線飛向天空。

「啊？是煙火嗎？」

小匠問。

「不是……。是星星嗎？流星嗎？」

小結瞪大了眼睛。

那顆小小的紅色流星拖著又細又長的紅色尾巴，從南方的地平線穿越黑夜的夜空，直直地朝向他們的方向飛來。小匠看著飛過來的流星，驚訝地張大了嘴。

「流……流星……會這樣飛嗎？它……它……它是不是朝我們飛過來了？」

在小匠說話的時候，從南方天空飛過來的紅色星星漸漸逼近他們

所在的山頂。刺眼的紅光照亮周圍，小結和小匠用力閉上了眼睛。

一陣幾乎吹倒樹林的強風吹來，山頂上的樹木都被風吹得發出嘩嘩的聲響，即使閉上眼睛，仍然可以感受到的強光籠罩了整個山頂。

「這是怎麼回事？是隕石要撞過來了嗎?!」

小匠在強風中大喊著，風突然靜了下來，光也消失了，周圍只剩下黑暗和寂靜。

小結和小匠終於戰戰兢兢地睜開眼睛，打量周圍。

山頂上已經恢復了黑暗和寂靜，好像什麼事都沒發生過。

「啊！流星！」

小匠指向南方夜空，有一道紅色的光飛過天空，消失不見了。

「……闔起來了。」

這時，小結發現握在手上的蛋貝已經闔了起來。小結和小匠把腦袋湊在一起，注視著緊緊闔起的蛋貝。

小匠喃喃地問：

「……妳覺得剛才的景象，是不是它帶給我們的幻影？」

「……不知道。」

小結搖了搖頭。

「九尾婦人說，這個蜃貝還不夠大，無法吐出海市蜃樓，但如果真的是這樣，剛才是怎麼回事？那些紅光是什麼？飛過來的流星又是怎麼回事……」

小結嘀咕著，用指尖輕輕撫摸蜃貝。

「蜃貝不知道把什麼吸入了身體？不知道有沒有……拍到老人星的照片？」

「不知道。」這次輪到小匠這麼回答。「但是我們必須趕快回家，時間來不及了。」

「嗯。」小結點了點頭，小心翼翼地把蜃貝塞進外套口袋深處。

小結和小匠撿起了剛才在驚恐之下，掉在地上的手電筒，再度跑了起來。這次要沿著漆黑的山路，一路跑回山下。

從山頂跑了差不多一半的路，正準備穿越半山腰的小廣場時，小結突然停下腳步。跑在她後面的小匠撞到了她，停了下來。

「姊姊！妳不要突然停下來！」

小匠喘著粗氣抱怨著，但是當他順著小結的視線看向前方時，立刻住了嘴。

因爲他發現有什麼東西，不，是有人站在廣場正中央。剛才上山的時候，廣場上完全沒有人。空地上空照下來的微弱亮光，讓那個人的輪廓在黑暗中浮現。

小結和小匠靠在一起，緩緩地、緩緩地將手電筒的光移到那個人的身上。在地面上匍匐前進的光環終於照到了那個人的腳下，照亮了影子的主人。

「九尾婦人!!」

小結和小匠同時大叫起來。

「你們終於下來了。」

九尾婦人站在廣場中央，手上抱著紅葫蘆，腳下是一個藍色大旅行袋。

「怎麼樣？有沒有順利拍到老人星？」

小結和小匠驚訝地互看了一眼，小結不安地問：

「請問……妳怎麼會在這裡？」

九尾婦人不耐煩地聳了聳肩說：

「那還用問嗎？當然是來拿蜃貝，我早就已經收拾妥當了，所以就來這裡等你們，因為我覺得這樣比較節省時間。

所以呢？情況怎麼樣？有沒有找到老人星？拍到照片了嗎？還是沒有拍到？」

「呃……這……」

小結不知道該怎麼說明，走到九尾婦人面前，把從口袋裡拿出來的蜃貝遞到她面前。

九尾婦人從結結巴巴的小結手上接過蜃貝，然後舉到眼睛上方，仔細打量著。

「喔？你們拍到了很棒的照片。」

小結和小匠大吃一驚，互看了一眼。九尾婦人把蜃貝放進了長袍口袋中，小結鼓起勇氣問她：

「呃……剛才、發生了很奇怪的事……。我們找不到老人星……但是覺得既然來了，至少拍張照片，於是就舉起蜃貝，沒想到有一顆紅色流星從南海的方向飛了過來，而且速度超快……」

「紅色流星？」

九尾婦人微微歪著頭，但立刻恍然大悟，點了點頭說：

「喔，是這樣啊，南極老人出現了嗎？所以今天晚上，南極老人來參加你們的攝影會，當你們的模特兒嗎？難怪你們拍到了這麼大的老人星，而且拍得這麼清楚。

那個爺爺有時候心血來潮，會做這種善解人意的事，也曾經脫離天上的軌道，跑到人類生活的地方玩耍。那我要找機會謝謝他，我會為他準備一、兩斗酒。因為南極老人很愛喝酒。」

小結和小匠不發一語，交換了眼神，無法相信九尾婦人剛才說的話。也許這就是所謂的「好像被狐狸附身」的感覺。

「好了，那我要回去了。」九尾婦人說。

「你們交給我的蜃貝，我一定會交到白狐狸姬王的手上。在典禮開始之前，姬王會向父母道別，姬王一定打算在那個時候贈送給父母。如果蜃貝拍到了老人星，姬王一定很高興。」

九尾婦人說完，打開藍色旅行袋的扣鎖，地上的皮包打開了。

「夜叉丸舅舅呢？夜叉丸舅舅會怎麼樣？」

小匠咳嗽著問道。

「別擔心，」九尾婦人露出了笑容，「白狐族的大臣說，只要姬王平安回去，牠們也無意把事情鬧大。因爲今天是白狐族新女王登基大典，是喜慶的日子，你們的舅舅被踩十下尾巴作爲懲罰之後，應該就會獲得釋放。」

小匠鬆了一口氣。

「沒有向你們的爸爸、媽媽，還有最小的妹妹打招呼就離開，讓我很過意不去，請你們代我向他們問好。」

九尾婦人在他們面前跳進了旅行袋。

「啊……這個皮包該不會就是青龍包？」

小匠瞪大眼睛看著九尾婦人。

「對啊，姬王慌慌張張逃走時，留下了青龍包，長老就借給我了。」

矮小的九尾婦人緊緊抱著紅葫蘆，站在青龍包內，對小結和小匠說：

「對了對了，這兩天的事，就作爲你們家族的祕密，千萬不可以告訴其他人，當然也不可以告訴狐狸族的親戚。」

「如果我們說了，會有什麼東西從天而降嗎？」

小結擔心地向九尾婦人確認。九尾婦人呵呵笑了起來。

「不會有任何東西從天而降，雖然我不會相信天眞無邪的小孩子對我的承諾，但我決定相信你們的承諾。

只不過你們的舅舅就另當別論了。我會對夜叉丸下封口令的咒語。」

呵呵呵。九尾婦人輕輕笑了笑後，露出了嚴肅的表情。

「那就再見了，希望改天可以再見。不，我覺得我們改天一定可以再見到你們這兩個有順風耳和時光眼的孩子。」

啊!小結在心裡大叫。

因爲她看到九尾婦人的身體漸漸沉入藍色皮包內,簡直就像搭電梯下樓,九尾婦人的身影沉入皮包中。最後終於看不到她的臉,連丸子頭的白髮也不見了,九尾婦人完全消失在藍色旅行袋內後,旅行袋啪答一聲關了起來。在旅行袋關起來的同時,就從廣場的地面消失不見了。

13 之後

小結和小匠回到家時，公寓在黎明前的黑暗中陷入一片寂靜。玄關的門當然鎖住了，他們只能按門鈴，請爸爸、媽媽開門。爸爸和媽媽看到兩個孩子半夜三更從外面回來，當然大吃一驚，立刻讓他們進了屋。

九尾婦人說的沒錯，她果然把家裡收拾得很乾淨。客廳完全恢復了原狀，淡紅色的幃幔、大床和扶手椅都不見了，地上鋪著有可可污漬的熟悉地毯，餐桌、電視和沙發都回到了原來的位置，細長形的豪

華飯廳當然消失了，紙拉門後方還是原本六張榻榻米大小的和室。

九尾婦人出現和離開時，都神龍見首不見尾，正在睡覺的爸爸和媽媽完全沒有聽到任何聲音，也完全沒有察覺任何動靜。小結和小匠蓬鬆柔軟的室內鞋都放在他們的臥室。

大輝現在一定躺在自己家中的床上呼呼大睡，好像什麼事都沒發生。

小結和小匠喝著媽媽爲他們泡的熱可可，把今天一整天發生的事，一五一十地告訴了爸爸和媽媽。在放學回家的路上遇到了九尾婦人的分身，於是就展開了跟蹤行動，還有九尾婦人請他們協助尋找逃亡者，然後今天晚上眞的坐在雲上，協助了九尾婦人。除此之外，還說了夜晚的學校發生的事、在後山看到的一切……。

當他們說完很長、很長的故事時，杯子裡的可可已經喝完了。陽台外的天空漸漸吐出了魚肚白。

「嗯，太厲害了，眞是豐富多彩的一天。」

爸爸抱著手臂說道。

「你們放學回家，和九尾婦人一起進門時，我就覺得不對勁，沒想到竟然被捲入這麼可怕的事……」

媽媽皺著眉頭說，小結慌忙說：

「因爲那時候九尾婦人要求我們不可以告訴任何人，如果我們說了，蚯蚓或是蛇又會從天而降，現在總算可以告訴家人了……」

「所以她用詛咒封了你們的口。」

媽媽帶著責備的語氣說，媽媽似乎不喜歡九尾婦人。小匠對媽媽說：

「這也不能怪她啊，因爲這是白狐族重要的祕密……。九尾婦人並不是壞人，而且她很帥，也很厲害。眞希望爸爸和媽媽可以看到九尾婦人和白狐狸對戰那一幕……」

小結也點了點頭，同意小匠的意見。

「最後她相信我們，所以沒有用詛咒封我們的口，而且她還特地等我和小匠去爲白狐狸公主拍老人星的照片，還說會把拍到老人星的蛋貝交給公主，如果她眞的是壞人，不會做這種事吧？」

媽媽似乎還無法完全釋懷，但勉爲其難地點了點頭。

「是啊……，可能她眞的沒有狐狸山上的狐狸說的那麼壞，而且想到今天晚上的事，又和夜叉丸哥哥有關，也就沒什麼好抱怨了。九尾婦人也間接幫了夜叉丸哥哥……」

爸爸再次深有感慨地說：

「話說回來，眞沒想到中國白狐族的公主來到這裡，附身在對面公寓的二年級學生身上……。而且這起國際性事件的起源，竟然又和夜叉丸哥哥有關，眞的是世事難料啊……」

小匠忍著呵欠問媽媽：

「夜叉丸舅舅會說中文嗎？」

媽媽嘆著氣，點了點頭說：

「他會啊，在語言的問題上，夜叉丸哥哥眞的走國際路線。不是經常說，學外文最好的方法，就是和那個國家的人當朋友嗎？哥哥經常喜歡不同國家的女生，所以學會了很多國家的語言。」

「好猛……」小匠嘀咕的話被再也忍不住的大呵欠吞沒了。

「你們趕快去刷牙睡覺，幸好明天……已經是今天了，幸好今天是星期六，如果探險一整晚，還必須去上學，就眞的會累死你們。」

小結和小匠聽媽媽的話，去刷了牙，躺在床上時，很快就睡著了，甚至不知道自己什麼時候閉上了眼睛。

兩天週末後的星期一，小結和小匠來到上學路隊集合地點，看到二年級的大澤大輝活力充滿地和同學打鬧，大輝沒有再露出觀察的眼神看小結。

「他好像什麼都不記得了。」

小匠悄悄對小結說，小結也點了點頭。大輝和同學相互搔癢，捧腹大笑著，似乎並不在意失去的那兩天。小結見狀，也鬆了一口氣。

媽媽說，喜歡觀星的大輝，和想要尋找老人星的白狐狸相互吸引，白狐狸才會附身在大輝身上。大輝也想看老人星嗎？大輝以後也會找到老人星嗎？小結看著笑得很開心的大輝，想著這些事。

那天晚上，祝姨婆相隔多日，又出現在小結他們家的客廳。

大家正在一起吃爸爸帶回來的饅頭點心，祝姨婆突然出現在沙發後方，大聲叫著：

「災難啊！災難來了！」

「祝姨婆又恢復了原本的台詞。」

爸爸小聲嘀咕，以免被祝姨婆聽到。

祝姨婆高舉起一隻手，另一隻手上拿了一顆綠色的翡翠球，而不是平時的水晶球。媽媽發現祝姨婆故意把翡翠球放在大家面前炫耀，於是問她：

「祝姨婆，妳的翡翠球好漂亮，哪裡來的？」

祝姨婆頓時露出心滿意足、得意的笑容。

「這是九尾婦人送我的禮物，她很感謝我的款待，所以送我這顆翡翠球，她眞是禮數周到。」

「但是，並不是祝姨婆款待她，而是我們家啊，妳只派了金鶴來迎接她而已。」

小匠嘀嘀咕咕地抱怨著，祝姨婆點了點頭，似乎想起了什麼。

「對了對了，九尾婦人也說要謝謝你們，要我轉達她對你們的問候。我今天晚上來這裡，就是告訴你們這件事。」

「既然這樣，爲什麼剛才嚷嚷著『災難來了！』？」

小結忍不住吐槽，祝姨婆一本正經地說：

「那只是一種打招呼的方式，我用新的翡翠球占卜到你們的未來，所以想來提醒你們。」

「謝謝妳的貼心……」爸爸說。

「祝姨婆，夜叉丸舅舅呢？夜叉丸舅舅好不好？」

小匠問，祝姨婆納悶地歪著頭說：

「咦？你爲什麼問這個問題？昨天發生了奇怪的事，大家在一起吃飯的時候，夜叉丸正準備說什麼，突然有許多蚯蚓從天而降，那些蚯蚓都在桌上爬來爬去，大家都嚇壞了，亂成一團。齋說夜叉丸可能遭到了惡意的詛咒，夜叉丸說，他完全不知道是怎麼回事。」

「喔喔……，這樣啊……」

小匠在說話時，向小結使了一個眼色。他們當然知道所謂的惡意詛咒是怎麼回事。九尾婦人說到做到，詛咒了夜叉丸舅舅，避免他亂說話。

祝姨婆最後又對信田家的人預告了未來的事。

「災難啊！下一個災難近在眼前，要注意！」

站在客廳中央的祝姨婆說完這句話，就啪的消失了。

「眞是夠了，祝姨婆說下一個災難近在眼前。」

爸爸搖著頭，似乎很受不了。

「災難上門至少比莫名其妙的客人上門好多了，而且我們家對災難早就習以爲常了。」媽媽安慰爸爸。

「我希望九尾婦人可以再來我們家作客，我想再次騰雲駕霧，下次要請她帶我去更遠的地方。」小匠說。

「好羨慕啊，小萌也想騰雲駕霧。」

小萌吃著第二個饅頭說。

小結什麼話都沒說，抬頭看著陽台外的夜空。雖然在家裡看不到十七日夜晚的月亮，但皎潔的月光散在夜空中。

白狐狸公主離開了爸爸、媽媽，現在獨自在宮廷的窗前，看著月亮嗎？

小結在內心默默祈禱。

老人星，希望可以實現白狐狸公主的願望，祝公主的爸爸、媽媽幸福長壽。

後記

這一陣子，信田家去了有人魚傳說的南方島嶼旅行，又闖入了狐狸生活的另一個世界，連續出門好幾次，第七集的故事終於回到以小結他們生活的地方為舞台的日常故事。雖說是日常，但信田家每天都會有災難和意外發生。這次有狐狸族的客人突然從中國的山上來到小結他們家小住幾天，當然不可能不發生故事，更何況這位客人是大有來頭的狐狸。

寫這一集故事高潮的打鬥場面很開心，越寫越有勁。在打鬥場面中，有不少中國的武功招式和道具，我相信已經有讀者發現，這些都來自《西遊記》。《西遊記》是我小時候非常喜歡的故事，我記得當時還看了日本拍的、美感十足的動畫。三藏法師在孫悟空、豬八戒、沙悟淨的陪同下去西方取經，各種不同的妖怪想要攻擊他的故事很新鮮，讓我興奮不已。其實在看動畫時，最令我害怕的不是妖怪，而是巨大的如來佛。悟空架著觔斗雲，翻一個跟斗就可以飛到十萬八千里外，結果飛了很久，在世界盡頭的山上留下自己的名字回來之後，沒想到那座上竟然是如來佛的中指，悟空終究無法逃出如來佛的手掌心……這個故事讓我感到很害怕，很同情之後被壓在巨石下的悟空。

如果小結他們的故事也能夠讓大家樂在其中，就像我當年對《西遊記》的喜愛，將是我極大的榮幸。雖然整天給信田家添麻煩的夜叉丸舅舅這次沒有出現在故事中，但在下一集，會讓他有足夠的戲分，小結、小匠將跟著夜叉丸舅舅一起去尋找狐狸族的神奇寶物，那個寶物到底是什麼？敬請期待！

最後很感謝畫下小結和小匠騰雲駕霧的大庭賢哉先生，謝謝大庭賢哉先生畫出這麼出色的插畫。

富安陽子

國家圖書館出版品預行編目資料

人狐一家親7 追捕消失的白狐狸／富安陽子著；
大庭賢哉繪；王蘊潔譯. －－ 初版. －－ 臺中
市：晨星出版有限公司，2023.11
面；　公分. －－（蘋果文庫；152）
譯自：シノダ！消えた白ギツネを追え
ISBN 978-626-320-675-5（平裝）

861.596　　　　112017730

填回函，送Ecoupon

蘋果文庫 152
人狐一家親7 追捕消失的白狐狸
シノダ！消えた白ギツネを追え

作者 富安陽子
繪者 大庭賢哉
譯者 王蘊潔
編輯 呂曉婕
文字編輯 呂昀慶
文字校潤 呂昀慶、蔡雅莉、呂曉婕
封面設計 鐘文君

創辦人 陳銘民
發行所 晨星出版有限公司
台中市 407 工業區 30 路 1 號
TEL:(04)23595820　FAX:(04)23550581
E-mail:service@morningstar.com.tw
https://star.morningstar.com.tw
行政院新聞局局版台業字第 2500 號
法律顧問 陳思成律師
初版日期 西元 2023 年 11 月 15 日

讀者服務專線 TEL:（02）23672044 /（04）23595819#212
讀者傳真專線 FAX:（02）23635741 /（04）23595493
讀者專用信箱 service@morningstar.com.tw
網路書店 https://www.morningstar.com.tw
郵政劃撥 15060393（知己圖書股份有限公司）

印刷 上好印刷股份有限公司

定價 300 元
ISBN 978-626-320-675-5